संजीव

मूर्धन्य कथाकार संजीव का जन्म 6 जुलाई, 1947 को सुल्तानपुर, उत्तर प्रदेश में हुआ। 38 वर्षों तक एक रासायनिक प्रयोगशाला में कार्यरत रहे। सात वर्षों तक 'हंस' समेत कई पत्रिकाओं का सम्पादन और स्तम्भ-लेखन किया। लगभग दो वर्षों तक महात्मा गांधी अन्तरराष्ट्रीय विश्वविद्यालय, वर्धा और अन्य विश्वविद्यालयों में अतिथि लेखक रहे।

संजीव का अनुभव-संसार विविधताओं से भरा हुआ है। साक्षी हैं उनकी प्राय: दो सौ कहानियाँ और 'अहेर', 'सर्कस', 'सावधान! नीचे आग है', 'धार', 'पाँव तले की दूब', 'जंगल जहाँ शुरू होता है', 'सूत्रधार', 'आकाश चम्पा', 'रह गईं दिशाएँ इसी पार', 'फाँस', 'रानी की सराय', 'मुझे पहचानो' आदि उपन्यास। नवीनतम कृतियाँ हैं—महात्मा जोतिबा फुले पर केन्द्रित उपन्यास 'ज्योति कलश', छत्रपति शाहू जी पर केन्द्रित उपन्यास 'प्रत्यंचा', पुरबी के अनन्य गायक महेन्द्र मिश्र पर केन्द्रित उपन्यास 'पुरबी बयार' और 'प्रतिनिधि कहानियाँ'। कुछ कृतियों पर फिल्में बनी हैं, कुछ की उन्होंने पटकथाएँ लिखी हैं।

उन्हें 'साहित्य अकादेमी पुरस्कार', 'कथाक्रम सम्मान', 'इन्दु शर्मा अन्तरराष्ट्रीय कथा सम्मान', 'पहल कथा सम्मान', 'सुधा कथा सम्मान', 'श्रीलाल शुक्ल स्मृति इफको साहित्य सम्मान' समेत अनेक सम्मान प्रदान किए जा चुके हैं।

सम्प्रति : स्वतंत्र लेखन।

सम्पर्क : writersanjiv@gmail.com

दिन बनने के लिए

संजीव

राजकमल पेपरबैक्स

राजकमल पेपरबैक्स में
पहला संस्करण : 2025

राजकमल पेपरबैक्स : उत्कृष्ट साहित्य के जनसुलभ संस्करण

राजकमल प्रकाशन प्रा. लि.
1-बी, नेताजी सुभाष मार्ग, दरियागंज
नई दिल्ली-110 002
द्वारा प्रकाशित

शाखाएँ : अशोक राजपथ, साइंस कॉलेज के सामने, पटना-800 006
पहली मंजिल, दरबारी बिल्डिंग, महात्मा गांधी मार्ग, प्रयागराज-211 001
1, अनमोल सोराबजी सन्तुक लेन, धोबी तलाव, मरीन लाइंस, मुम्बई-400 002

वेबसाइट : www.rajkamalprakashan.com
ई-मेल : info@rajkamalprakashan.com

विकास कंप्यूटर एंड प्रिंटर्स
ट्रॉनिका सिटी-201 102
द्वारा मुद्रित

मूल्य : ₹250

DIN BANNE KE LIYE
Stories by Sanjeev

ISBN : 978-93-6086-741-6

श्रीमती ममता सिंह, अमेठी

श्री योगेन्द्र कुलकर्णी, पूना

को

क्रम

भिड़न्त	9
चोर	20
अमरीकी कुत्ता	28
तीसरी नाक	35
हिप-हिप हुर्रे!	41
कोकिला व्रत	47
आइडिया	58
शिलानाथ देव	67
रोशनी के पेड़	74
अंगार वर्षा	81
सलाम!	88
पूर्ण कुम्भ की अपूर्ण कथा	93
अपसगुनी	99

हमें दया नहीं, स्वावलम्बन चाहिए	107
मृत्यु के विरुद्ध	113
रोशनी का मसीहा	119
मैडम क्यूरी	126
दशरथ मांझी	139

भिड़न्त

बुद्धि न हाट बिकाय, बुद्धि न चोर चुराय।
बुद्धि चढ़े जब सान, चमके सकल जहान।
बुद्धि न बाँधो भैया, नहीं तो बूड़ी नैया।

तो साहेबान! बुद्धि के मामले में कौन बड़ा है, कौन छोटा? कौन खरा है, कौन खोटा? इसका जवाब किसके पास? अजी बुद्धि के सिवा और किसके पास?

बिलकुल ताजा वाकया है। एक स्कूल में एक थे बुद्धिनाथ पंडित और एक था बुद्धू प्रसाद। एक गुरु, एक चेला।

पंडित बुद्धिनाथ सचमुच बुद्धि के नाथ। काफी सन्नाम! बुद्धू से बुद्धू को बना देते अक्लवान। कैसे? घिस-घिसकर। माँज-माँजकर। पढ़ाने का ढंग भी अनूठा। बात शुरू होती कहानियों से। बात पहुँच जाती नतीजे तक। बहुत गुमान लोगों को पंडित जी पर। पंडित जी को भी कम गुमान न था खुद पर।

अब आइए दूसरी ओर। उनका एक नया छात्र था—गणेश। पंडित जी की नजर में बिलकुल गोबर-गणेश। मोटी-मोटी बातें भी नहीं समझ पाता था वह। जैसे उस दिन की बात। पंडित बुद्धिनाथ कहानी सुना रहे थे—

एक था मदारी। मदारी के पास थीं दो चीजें। एक बन्दर, दूसरी बकरी। इन्हीं की सहायता से वह अपने खेल दिखाता। एक दिन वह गया मेले, खरीदे कुछ केले। खाने के पहले नहाने की सूझी। ढूँढ़ लिया तालाब। बगल में थी झाड़ी। बाँध दिया बन्दर। बाँध दी बकरी। रख दिये केले। कपड़े उतारे। चला गया नहाने।

वह लौटकर आया तो केले नदारद। केले कहीं नहीं। छिलके जरूर थे। बकरी के सामने। उसने बन्दर को देखा। वह साधु बना बैठा था। मदारी ने कहा, "वाह रे शेख सादी! उस्ताद से ही उस्तादी! अव्वल तो केले खा गया, दूजे इल्जाम बकरी पर चढ़ा गया।" उसने मक्कार बन्दर को चार छड़ी जमाईं।

कहानी खत्म हो गई। पंडित जी ने पूछा, "बच्चों, अब तुम लोग बताओ। केले बन्दर ने खाए, बकरी ने नहीं। मदारी ने इसे कैसे जाना?" उन्होंने सामने वाले लड़के से पूछा, "बोलो।"

वह लड़का सिर झुकाकर खड़ा हो गया। दूसरे लड़के से पूछा, "तुम?" "गिलहरी ने बताया होगा।" उस लड़के ने अनुमान लगाया। पंडित जी ने पूछा, "यह गिलहरी कहाँ से टपक पड़ी।"

सभी लड़के हँस पड़े। आखिर बुद्धिनाथ पंडित ने बताया, "बकरी केले खाती तो केले के छिलके भी खा जाती। यह अक्ल तो बन्दर के पास ही है कि वह केले छील सकता है। छिलके पड़े हुए थे। जाहिर हो गया कि केले किसने खाए। केले खा गया बन्दर। छिलके रख दिये बकरी के आगे। क्यों? इसलिए कि पिटे तो बेवकूफ बकरी पिटे। बन्दर पर शक भी न जाए।"

लड़के दंग थे। कुछ के मुँह से निकला, "इस्स!" कुछ के मुँह से निकला, "वाह!" कुछ ने अपनी अक्ल को कोसा। मगर एक लड़का इनमें अलग था। उसने न "इस्स" कहा न "वाह!"

वह था गणेश। पंडित जी की त्यौरी चढ़ गई। उन्होंने पूछा, "क्यों गोबर-गणेश। कहानी समझ में नहीं आई?"

गणेश उठकर खड़ा हो गया। बोला, "गुरु जी, कुछ आई, कुछ नहीं आई।"

पंडित जी ने पूछा, "कितनी आई, कितनी नहीं आई?"

गणेश ने कहा, "बन्दर ने केले खाए। उसने केले के छिलके डाल दिये बकरी के आगे।"

पंडित जी बोले, "तो...?"

गणेश ने कहा, "मगर बकरी तो छिलके खाती है। छिलके उसके सामने पड़े रहे। उसने खाए क्यों नहीं?"

पंडित जी भन्नाकर बोले, "नहीं खाए तो नहीं खाए। तुम्हें इससे क्या?"

गणेश ने कहा, "तब तो बकरी बन्दर से ज्यादा चालाक निकली। उसने छिलके नहीं खाए। पाप का सबूत पड़ा रहा। बन्दर की मक्कारी पकड़ी गई। फिर बकरी बेवकूफ कैसे हुई?"

पंडित जी बिगड़कर भूत। उन्होंने डाँट दिया, "बैठ जाओ बुद्धू प्रसाद।"

लड़का डर के मारे चुप। उस दिन से गणेश का नाम हो गया 'बुद्धू प्रसाद'।

यह थी बुद्धिनाथ और बुद्धू प्रसाद की पहली भिड़न्त। आगे भी भिड़न्तें होती रहीं। पंडित जी शिष्य को डराकर चुप करा देते।

लड़के कुछ ऊँची कक्षाओं में गए। बुद्धिनाथ पंडित को एक

नेक खयाल आया—क्यों न इन्हें कुछ कविताई-वबिताई का ज्ञान भी करा दिया जाए। फिर क्या था, उठा ली एक कहानी...

"बाणभट्ट संस्कृत के एक बड़े कवि थे। वे हर्षवर्धन के दरबार में रहते थे। बाणभट्ट एक पुस्तक लिख रहे थे—'कादम्बरी'। बच्चों यह संस्कृत का पहला गद्य काव्य है।"

"क्या है?" उन्होंने क्लास से पूछा।

"पहला गद्य काव्य!" बच्चों ने एक साथ कहा।

पंडित जी ने छूटी हुई कहानी को दोबारा उठाया...

"लिखते-लिखते आयु पूरी होने को आई, मगर 'कादम्बरी' पूरी न हो पाई। उन्हें चिन्ता हुई कि अधूरी 'कादम्बरी' को पूरी कौन करेगा? तब उन्होंने अपने दोनों बेटों को बुलाकर उनकी काव्य-प्रतिभा की परीक्षा लेने की ठानी। परीक्षा का ढंग निराला था। सामने एक सूखी चैली रखकर दोनों बेटों से कहा, "इस पर कविता लिखो।"

"बच्चो, जरा सोचो, सूखी चैली पर कविता...? क्या मजाक था। पर यह तो परीक्षा थी।"

बड़े ने लिखा—सूखा काठ पड़ा है आगे...

छोटे ने लिखा—विलस रहा है नीरस तरुवर आँगन में...

बाणभट्ट की समस्या हल हो गई। उन्होंने कादम्बरी पूरी करने का अधिकार छोटे बेटे को दिया।

कहानी पूरी करने के बाद उन्होंने सदा की तरह छात्रों से सवाल किया, "बोलो बच्चो, बाणभट्ट का फैसला सही था या गलत।"

"सही।" एक को छोड़कर सभी छात्रों ने एक साथ कहा। वह एक था गणेश। पंडित जी की आँखें सिकुड़ गईं। पूछा, "क्यों भई, कहानी आपकी समझ में नहीं आई?"

गणेश ने उठकर कहा, "गुरु जी, कुछ आई, कुछ रह गई।" पंडित जी ने पूछा, "कितनी आई, कितनी रह गई?"

गणेश ने कहा, "वैसे तो गुरु जी काव्य के स्तर पर छोटे की कविता आकर्षक लगती है। लेकिन इस आकर्षण में एक दोष भी है—यह सच पर पर्दा डालती है।"

तिलमिला उठे पंडित जी—"कैसे?"

गणेश ने कहा, "अगर तरुवर नीरस है तो फिर विलास कैसा?"

पंडित जी ने पूछा, "तब क्या बड़े की रचना छोटे से अच्छी है?"

"मुझे तो ऐसा ही लगता है गुरु जी, कम से कम यह सच पर धूल तो नहीं डालती, सूखे काठ का मजाक भी नहीं उड़ाती, सीधे-सीधे कहती है—सूखा काठ पड़ा है आगे।"

"चुप रह, चुप रह, हाय अभागे!" पंडित जी ने गणेश को डाँटकर चुप करा दिया। उस दिन से गणेश का नाम बुद्धू प्रसाद से भी एक कदम आगे बढ़ गया—'सूखा काठ!'

दिन पर दिन बीतते गए। और देखते-देखते आ गया आखिरी दिन। पंडित बुद्धिनाथ जी उस दिन पूरी तरह तैयार होकर आए थे, बोले, "बच्चो, यहाँ की पढ़ाई पूरी होने को आई। तुम लोग अपने-अपने घर जाओगे। मगर कविता की भाषा में कहूँ तो..."

"शिक्षा अभी अधूरी है, अभी तो लम्बी दूरी है। जीवन में

पग-पग पर परीक्षा आएगी, कदम-कदम पर इम्तिहान।"

सारी क्लास उन्हें आदर से सुन रही थी। पंडित जी खुश हुए। उन्होंने फिर एक कहानी उठा ली, बोले—बहुत दिनों की बात है। कोशल के राजा कहीं जा रहे थे। संयोग देखिए कि काशी के राजा भी उसी रास्ते से आ रहे थे। एक ही समय। एक ही रास्ता। रास्ता भी सँकरा और दोनों राजा रथ पर। दोनों के रथ आमने-सामने रुक गए। अब एक रुके तो दूजा जाए। दोनों रथ साथ-साथ नहीं जा सकते थे। मगर सवाल टेढ़ा था। कौन रुके, कौन जाए? दोनों राजा! दोनों के मान का प्रश्न! कोई किसी से कम नहीं। कोई पीछे हटे तो कैसे? फिर क्या किया जाए?

राजा रथों में बैठे रहे। दोनों के सारथी बातें करने लगे। कोशल के सारथी ने कहा, 'तुम जरा परे हट जाओ। मेरे रथ को निकल जाने दो।' काशी के सारथी ने कहा, 'तुम्हीं जरा पीछे हट जाओ न! मेरा रथ निकल जाए।'

समय बीतता गया। सारथी बहस करते रहे। आखिर वे एकमत हुए। तय हुआ, जो महान हो, वह पहले जाए। दोनों सारथी अपने-अपने राजा के गुणों का बखान करने लगे। कोशल के सारथी ने कहा, 'मेरे नरेश पराक्रमी हैं, प्रतापी हैं।'

काशी के सारथी ने कहा, 'मेरे नरेश भी पराक्रमी और प्रतापी हैं।'

कोशल के सारथी ने कहा, 'मेरे राजन गुणों की कद्र करते हैं।' काशी के सारथी ने कहा, 'मेरे राजन भी।'

वह काँटे-काँटे की लड़ाई थी। फैसला होता नहीं दिख रहा

था। तभी कोशल के सारथी ने कहा, 'मेरे महाराज मित्र से मित्र की तरह पेश आते हैं और शत्रु से शत्रु की तरह।'

काशी के सारथी ने जवाब दिया, 'मेरे महाराज मित्र से तो मित्र की तरह पेश आते ही हैं। वे शत्रु से भी मित्र की तरह पेश आते हैं। वे सत्यवान हैं, क्षमाशील हैं, विनयशील हैं।'

कोशल नरेश ने सुना और गुना। उन्होंने अपने सारथी को इशारा किया। सारथी ने रथ पीछे खिसका लिया। काशी नरेश की महानता सिद्ध हो चुकी थी। वे खुशी-खुशी पहले प्रस्थान करने लगे।

कहानी पूरी हो चुकी थी। पंडित बुद्धिनाथ बोले, "बच्चो, निर्णय सही है या गलत?"

छात्र बोले, "बिलकुल सही सर।"

पंडित जी बोले, "हाँ बच्चों, मित्र को तो सभी मित्र मानते हैं, मगर बड़ा वह है जो शत्रु को भी मित्र माने।"

गणेश अभी भी भकुआया हुआ बैठा था।

पंडित जी ने पूछा, "क्यों सूखे काठ, कहानी समझ में नहीं आई?"

गणेश ने कहा, "गुरुजी, कुछ आई, कुछ रह गई।"

पंडित जी भन्नाकर बोले, "कितनी आई, कितनी नहीं आई।"

गणेश ने कहा, "सर, महानता वाणी से नहीं, आचरण द्वारा प्रकट की जाती है। काशी नरेश यदि सचमुच महान होते तो वे पहले ही अपने रथ को पीछे कर लेते।"

बुद्धिनाथ पंडित का सिर चकरा गया। वे बोले, "तो कौन महान था?"

गणेश बोला, "सच पूछा जाए तो कोई नहीं।"

पंडित जी ने पूछा, "फिर भी, दोनों में से एक को चुनना हो तो?"

गणेश बोला, "तब कोशल नरेश गुरु जी। वे कद्रदान थे। उन्होंने सत्य को स्वीकारा। उन्होंने कोई दावा भी नहीं किया।"

पंडित बुद्धिनाथ सिर पकड़कर बैठ गए। उन्होंने कहा, "मैं हारा, तू जीता। मैं तुझे आदमी नहीं बना सका सूखे काठ।"

पंडित जी अपना वाक्य पूरा भी नहीं कर सके कि पीछे से आ गए हेडमास्टर साहब। उन्होंने कहा, "रुकिए पंडित जी, अपना निर्णय विद्यालय के वार्षिकोत्सव, जो सीनियर छात्रों का विदाई-समारोह भी है, तक मुल्तवी रखिए।"

और विद्यालय का विदाई समारोह!

विद्यालय परिसर खचाखच भरा था। बाहर से भी छात्र शिक्षक और अभिभावकगण आए थे। ऐसा होता क्यों न, इस बार भिड़न्त नहीं, महाभिड़न्त होनी थी, वह भी खुले मंच पर।

मंच पर एक बड़ा-सा सफेद पर्दा टँगा था। पंडित बुद्धिनाथ मिश्र मंच पर आए, बोले, "आदरणीय हेडमास्टर साहब, गण्यमान्य जन और मेरे प्रिय बच्चो, आज से काफी पहले मेरे और मेरे प्रिय शिष्य गणेश के बीच बौद्धिक भिड़न्त शुरू हुई थी। आज इस समारोह में महाभिड़न्त का समापन होना है। मेरे आदरणीय हेडमास्टर साहब गणेश के पक्षकार हैं। फसाद या विवाद कहानी को लेकर हुआ था, सो निर्णय कहानी पर ही होगा।

"आपके सामने मंच पर एक कोरा परदा है। अब इस पर एक लघु फिल्म प्रदर्शित होगी। इस खुले मंच पर सबको खुली छूट है, फिल्म देखिए और कहानी बनाइए। कहानी में न कोई दाँव है, न पेच। सीधी, सच्ची, सरल कहानी है।"

पंडित जी मंच से उतर गए और परदे पर फिल्म अवतरित हो गई—एक जंगल है—सुहावना जंगल। एक लोमड़ी आती है। उसकी नजर सामने के पेड़ पर पड़ती है जिस पर अंगूर की लता से अंगूर के गुच्छे लटक रहे हैं। लोमड़ी अंगूरों को पाने के लिए बार-बार उछलती है पर अंगूरों तक नहीं पहुँच पाती। अन्त में उदास होकर कहते हुए चली जाती है—अंगूर खट्टे हैं।

प्रतियोगिता शुरू हुई। एक-एक कर प्रतियोगी आते गए और उसी पुरानी कहानी को दोहराते गए—अंगूर खट्टे हैं।

अन्त में नाम पुकारा गया गणेश का।

पंडित जी ने पूछा, "क्यों बेटे, यह कहानी तो तुम्हारी समझ में आ जानी चाहिए!"

जिज्ञासा चरम पर थी।

गणेश ने कहा, "कुछ आई..."

बाकी वाक्य छात्रों ने पूरा किया, "और कुछ नहीं आई।"

"कितनी आई, कितनी नहीं आई?" पंडित जी ने खिन्न स्वर में पूछा।

"जहाँ तक मेरे पूर्व वक्तागण कहानी को ले आए हैं, वह सही होते हुए भी एकपक्षीय है, मुझे आज्ञा दें तो मैं इसे पूरी कर दूँ..."

"कर दो।" भीड़ से आवाज गई।

गणेश ने कहा, "वापस जाते-जाते लोमड़ी रुक जाती है, पीछे मुड़कर देखती है, पेड़ की लता से अंगूर अब भी चुनौती बने झूल रहे थे, सोचा, आज अगर मैं असफल होकर लौट जाती हूँ तो किसी के पूछने पर मुझे पहले की वही झूठी कहानी कहनी पड़ेगी—अंगूर खट्टे हैं। वह लौट आती है, पुनः उसी मुकाम पर, उसी अंगूर के नीचे और पूरा दम साधकर उछाल भरती है। इस बार अंगूर का गुच्छा उसके मुँह में होता है।"

विद्यालय परिसर तालियों से भर गया।

इसके बाद हेडमास्टर साहब मंच पर आए, बोले, "पंडित जी और महानुभावो, लड़के को जायज सवाल करने दीजिए। जरूरी नहीं कि आप उनसे सहमत हों। वर्षों से आप वही कहानियाँ पढ़ाते सुनाते आ रहे हैं। कभी उलट-पलटकर जाँचा तक नहीं उनको। अगर किसी ने अँगुली उठाई तो बुरा मान गए। उनकी जिज्ञासा आग है, उस आग पर पानी न डालिए। पंडित जी, मैंने आपकी और गणेश की बातें चुपके-चुपके सुनीं। जी हाँ, लकीर के फकीर कुछ नहीं करेंगे। करेंगे तो यही ग़णेश जैसे लड़के, जो उसके दास नहीं हैं। बच्चे प्रकृति की प्रत्यंचा से छूटे हुए तीर हैं, उन्हें रोकें नहीं। वे अपना रास्ता खुद बना लेंगे।" सारी नजरें गणेश की ओर घूम गईं। उसकी आँखों से आँसू बह रहे थे। ...और पंडित जी की आँखों से भी।

चोर

पानीपत जाने वाली सड़क के उत्तर में डेढ़ किलोमीटर की दूरी पर एक गाँव है गौरी-मांगेपुर। मगर तीसेक साल पहले आप किसी से मांगेपुर का अता-पता पूछते, तो कोई न बता पाता। दरअसल गौरी-मांगेपुर का जन्म ही तीस साल पहले हुआ तो लोग बताते कैसे?

तीसेक साल पहले उस गाँव का नाम अमरौला हुआ करता था। उस अमरौला गाँव में एक छोटा-सा मन्दिर हुआ करता

था—बाँके बिहारी जी का जो बाद में काफी मशहूर हो गया, आप पूछेंगे पहले मशहूर न था? जी, ना! अमरौला में एक सेठ होते थे। नाम बलवीर-वीर जैसा कुछ था। उनका एक ही कष्ट था, उन्हें कोई सन्तान न थी। एक रात सपने में उन्हें बाँके बिहारी जी से सन्देश मिला और बाँके बिहारी के मन्दिर जाकर नियमित पूजा करने लगे। बताया जाता है कि बाँके बिहारी की कृपा से उन्हें एक बेटा हुआ। सेठ ने मनौती मान रखी थी कि बेटा होने पर बाँके बिहारी जी की राधा-कृष्ण की मूर्तियों के सिर पर सोने के मुकुट चढ़ाएँगे। सेठानी को बेटा हुआ सेठ ने अमरौला में मुकुट समारोह किया। उस भव्य आयोजन में बारह गाँवों की पंचायत ने भोजन किया। उस दिन से बाँके बिहारी मन्दिर की मान्यता में चार चाँद लग गए। पुत्ररत्न पाना चाहते हो तो अमरौला जाओ। सेठ गाँव छोड़कर दिल्ली में कारोबार करने लगे लेकिन अमरौला के मन्दिर पर भक्तों और मनौतियाँ मानने वालों का ताँता लग गया। कई तो बाँके बिहारी मन्दिर की मूर्तियों के अनुपम मुकुटों को देखने भर के लिए वहाँ पूजा करने आते। गाँव के नम्बरदार ने पहरेदार बिठा दिये। पुजारी जी स्वयं सपरिवार सतर्क रहा करते कि कहीं किसी की नीयत खराब न हो जाए। मन्दिर पर आठों पहर पहरा!

कहानी यहाँ से करवट लेती है कि एक दिन सुबह-सुबह शोर हो गया कि मुकुट चोरी हो गए। भला इतने पहरों, इतनी सतर्कता में भी मुकुट चोरी हो गए! असम्भव! बारह गाँवों के लोगों ने सुना और गुना—यह जरूर किसी जाने-पहचाने आदमी की करतूत

है। पुलिस आई। बारह गाँवों में मुनादी फिरी—जो भी मुकुटों का पता बताएगा उसे सेठ की ओर से पाँच लाख का इनाम मिलेगा। पर कोई असर नहीं। बारह गाँवों में घर-घर की तलाशी ली गई, पर कहाँ! बारह गाँव की पंचायत बैठी—"यह हम सबके लिए चुल्लू-भर पानी में डूब मरने की बात है।" पुजारी यज्ञदत्त शर्मा जी का चेहरा स्याह! मन्दिर की मान्यता पर भी प्रश्न उठ रहे थे। दर्शनार्थियों की भीड़ कम होने लगी, लोगों का मन्दिर से विश्वास घटने लगा—जो भगवान खुद अपने मुकुट की रक्षा न कर सका, वह हमारी रक्षा कैसे करेगा? तब पुजारी ने भरी पंचायत में कहा, "भगवान के सोने के इतने बेशकीमती मुकुट पचाना आसान नहीं। जिस किसी ने भी मुकुट चुराए हैं, महीना बीतते-न-बीतते उसे ऐसा दंड मिलेगा कि जिन्दगी-भर तड़पेगा।"

महीने की बात कौन कहे, आठवें दिन ही शाप चरितार्थ हो गया। कानोकान खबर फैल गई।

"कौन चोर निकला?" सबकी जिज्ञासा चोर का नाम जानने की थी।

"मांगेराम!"

"कौन मांगेराम?"

"अरे वही, जिसका घर नहर के बगल में है।"

"कैसे पता चला?"

"पंडित जी ने कहा था न जिसने भी मुकुटों की चोरी की है, महीने-भर के अन्दर उसे ऐसा ईश्वरीय दंड मिलेगा कि जिन्दगी-

भर तड़प-तड़पकर...! तो कल शाम मांगेराम का लड़का नहर में डूब गया।"

"अरे! इकलौता बेटा था!" लोगों की आँखें फैल गईं।

"भगवान के घर देर है, अन्धेर नहीं है। अब तड़पे, जब तक जिये। इकलौता लड़का था।"

"पुलिस आई थी?"

“आई थी। पुजारी जी गए थे चोरी की रपट लिखाने। लेकिन पंचायत ने पुलिस को आगे की कार्रवाई करने से रोक दिया। कहा, ‘हमारा मामला है, आप दखल न दें। अब जो कुछ करना है पंचायत करेगी’।”

लोगों की समझ में नहीं आ रहा था कि मांगेराम को यकायक क्या सूझी कि भगवान के मुकुट ही चुरा लिये।

“लालच बहुत बुरी चीज होती है।” सारी बातचीत इस बिन्दु पर आकर खत्म होती।

मांगेराम के बच्चे के शोग (शोक) में बहुत कम लोग शरीक हुए। तेरहवीं के बाद चौदहवें दिन बारह गाँवों की पंचायत बैठी। पंचायत में विशेष तौर पर सेठ बलवीर जी को भी बुलाया गया था। बड़ी भीड़ थी। मांगेराम और उसकी पत्नी हाजिर हुए। उन्होंने हाथ जोड़कर पंचायत को सलाम किया। मांगेराम का सिर मुंडित था, जिससे वह और भी मनहूस लग रहा था लेकिन बाँके बिहारी की मूर्तियों को देखने के बाद किसी के मन में भी उसके प्रति कोई माया-ममता न उपजी।

“मांगेराम! तुम्हें भगवान के मुकुट चुराने की क्यों सूझी?”

सेठ बलवीर ने जिरह की शुरुआत की, “पैसों की इतनी ही जरूरत थी तो हजार-दो हजार हमसे माँग लेते!”

“...”

“उसका क्या किया तुमने?”

“कहाँ बेचा?”

"कितने में?"

ऐसे अनेक सवाल थे। मगर उत्तर नदारद! मांगेराम एक चुप तो हजार चुप! आखिर पंचायत ने अपना निर्णय सुनाया, "ऐसे शातिर चोर को गाँव में रहने का कोई हक नहीं। कल उसे गाँव छोड़ देना होगा। मुकुट चूँकि बहुत ही कीमती थे, सो मांगेराम की चल-अचल सम्पत्ति को बेचकर उसकी भरपाई की जाए।"

मांगेराम की एक भैंस, एक गाय, दो बैल, उसका रिहायशी घर और तीन एकड़ की जमीन थी। माल-मवेशी के खरीदार तय हो गए।

"बाकी रही जमीन तो नम्बरदार उसके रफा-दफा करने का इन्तजाम करेंगे और नहीं तो सेठ बलवीर जी ही लेना चाहें तो ले सकते हैं। सम्पत्ति की बिक्री से जो रकम आएगी, सब पंचायत में जमा की जाएगी। उस रकम से मुकुट खरीदकर बाँके बिहारी के सूने मस्तक का अभिषेक किया जाए।"

दूसरे दिन मांगेराम के माल-मवेशी, घर-द्वार लेकर महीने-भर का राशन और कुछ बरतन-वरतन देकर गाँव के बाहर कर दिया गया। मांगेराम से कुछ कहते न बना। गाँववालों ने गाँव के बाहर उसके रहने के लिए झोपड़ा बना दिया।

"भूल-चूक माफ करना मांगेराम। हम जा रहे हैं। कल से गाँव का कोई आदमी तुमसे बात नहीं करेगा। जय राम जी की! जय बाँके बिहारी की।"

उस दिन के बाद अमरौला और आस-पास का कोई आदमी

मांगेराम से बात न करता। भूल-से नजर पड़ भी जाती तो नजर फेर लेता। बीतते-बीतते बीत गए छह महीने।

एक दिन शुभ मुहूर्त देखकर गाँव के कुछ गण्यमान्य सज्जन मुकुटों का आर्डर देने सेठ की कार में दिल्ली के लिए निकल पड़े। अचानक नहर की पुलिया पर बीचोबीच उन्हें गाँव का सुजान सिंह खड़ा नजर आया। "रुक जाइए," वह कह रहा था। रुक गई कार।

"क्या मजाक है तुम विघ्न क्यों डाल रहे हो?" नम्बरदार ने किंचित नाराज होते हुए झिड़का।

"मुकुटों के लिए जा रहे हैं न! ये रहे मुकुट! मुकुट मैंने ही चुराए थे, मांगेराम ने नहीं।"

भरभराकर लोग कार से बाहर आ गए, "तो तूने बताया क्यों नहीं?"

"अब क्या बताऊँ! बताने की कई कोशिशें कीं। साहस न हुआ। बेचने के लिए कई बार लेकर निकला लेकिन मांगेराम और उसकी औरत की हालत देखकर हर बार लौटता रहा। मैं ये मुकुट आप लोगों के हवाले करता हूँ और खुद को पुलिस के।"

पूरे बारह गाँव के लोगों ने मांगेराम दम्पती के सामने माफी माँगी, पर दम्पती ने न पहले एक शब्द कहा, न बाद में।

सम्पत्ति बेचकर उनके बेटे आनन्द के नाम पर एक स्कूल खोला गया और गाँव का नाम अमरौला से बदलकर गौरी-मांगेपुर कर दिया गया। अब न मांगेराम जीवित है, न उसकी पत्नी गौरी,

न आनन्द, लेकिन वे अब भी जीवित हैं इन नामों में। एक पीढ़ी से दूसरी पीढ़ी यह कहानी दोहराई जाती रही।

नई पीढ़ी को सिर्फ एक बात का उत्तर नहीं मिलता—माना कि मांगेराम और गौरी देवी को पुत्रशोक समा गया था, न बोले तो नहीं ही बोले लेकिन ये क्या बात हुई कि जिस बाँके बिहारी भगवान ने निपुतिया सेठ को बेटा दिया था, उसने मांगेराम-गौरी के बेटे को छीन लिया।

अमरीकी कुत्ता

छोटी-छोटी पहाड़ियों, जंगलों, झरनों पहाड़ी नदियों को लाँघते-फलाँगते कुछ लोग बढ़े जा रहे थे। इनमें मर्द भी थे, औरतें भी, बूढ़े भी, बच्चे भी। सबकी मंजिल एक ही थी—बँसकढी गाँव। एक-दूसरे से पूछ-पुछौवल भी चल रही थी—"ई मनबोध मास्टर का छौंड़ा परदिपवा कब आया अमरीका से?" एक बुढ़िया ने पूछा।

"तुम उसे जानती हो दादी?"

"अरे गोदी में खेलाए हैं गोदी में और तुम कहते हो जानती हो!"

"गया के आगे!"

"कितना आगे?

समाधान न हो सका।

तीसरे दल में तीसरा सवाल था सोखन महतो की मामी का—"कोई बतलाता था, सात समुन्दर पार गया था पढ़ने, वहीं से आ रहा है।"

"समुन्दर कैसा होता है?"

"तिलैया डैम देखी है?"

"ना।"

"तब तुमको कैसे बताएँ कि समुन्दर कैसा होता है!"

इस तरह की अनेक पहेलियाँ बुझाते-बूझते चारों दिशाओं से लोग आ-आकर जमा होने लगे। मनबोध मास्टर के घर के बाहर दरवाजे पर छोटी-मोटी भीड़ और यह भीड़ बढ़ती ही जा रही थी। प्रदीप के भाई-बहनों की समझ में नहीं आ रहा था कि इतनी भीड़ क्यों जमा हो रही है उनके दरवाजे पर, इन्हें कहाँ बैठाएँ, क्या स्वागत-सत्कार करें! खैर, जहाँ-तहाँ पत्थरों पर जैसे-तैसे बैठ गए लोग, जो न बैठ सके खड़े रहे। तब मनबोध मास्टर घर से बाहर निकलें, "क्या बात है, आप लोगों ने यहाँ तक आने का कष्ट कैसे उठाया?"

"हम लोग..." बुढ़िया ने कहा, "सुना, परदिपवा आया है, अमरीका कि कहाँ से तो पढ़-लिखकर!"

"ओऽऽऽ प्रदीप!"

"हाँ, उसे हम गोदी में खेलाए हैं, सो देखने आए हैं।"

"बहुत अच्छा किया काकी, यह तो आपका स्नेह है।...और ये लोग?"

"सभी परदीप को ही देखने आए हैं। हमारे गाँव का नाम रोशन करे वाला सपूत!"

"प्रदीप! देखो तो बेटा, पूरे इलाके के लोग तुमसे मिलने आए हैं, दरवाजे पर!"

मनबोध मास्टर ने प्रदीप को पुकारा।

प्रदीप बाहर आया—चेहरे पर दाढ़ी, सिर पर टोपी, कपड़े-लत्ते सबसे रोब और अजनबीपन! जो बैठे थे, खड़े हो गए, जो खड़े थे बैठ गए। एक की जुबान को खुजली हुई—"वहाँ नाई नहीं मिलता?"

"ई तो फैशन है आजी।"

आजी ने मुँह फेरकर सबको बताया, "ई-ठो फैशन है अमरीका का।"

"टरेन में भीड़-ऊड़ तो नहीं थी?" सोखन की मामी ने पूछा।

"हवाई जहाज से आए।"

आजी ने मुँह फेरकर सबको बताया, "हवाई जहाज से।"

"तो उहाँ का पढ़ते रहे?"

"इकोनॉमिक्स माने अर्थशास्त्र!"

वे थोड़ी देर तक अर्थशास्त्र का मर्म बूझते रहे तब किसी सयाने ने समझाया, "अरे, वही रुपैया-पइसा की गिनती! इ का दू, दू-दूनी चार—पढ़ाते हैं न मास्टर साहब!"

किसी ने डाँटकर चुप कराया, उस सयाने को।

आजी फिर शुरू हो गईं, "तो अमरीका से क्या लाए बेटा, जरा हम भी तो देखें।"

प्रदीप एक क्षण को अन्दर गया और एक पोमेरेनियन कुत्ते को उठाए चला आया। सफेद बालों से ढका कोई जीव!

"ईऽऽऽ!" सारी नजरें झुक आईं, "ई कौन जानवर है बेटा?"

"कुत्ता।"

"कुत्ता! तब तो ठगा गए बेटा।"

"काहे?"

"कुत्ता ऐसा होता है? देख लो हमारे साथ कुत्ते आए हैं, भूँक रहे हैं।"

"तो ई क्या है?"

"हमको तो खरगोश बुझाता है। ठगा गए बेटा!"

खीज गया प्रदीप। वह तो इस उम्मीद में था कि आसपास के गाँवों से इतने लोग आए हैं, उन्हें अमरीका, अपनी पढ़ाई और देश-दुनिया की बातें बताकर चकित कर देगा। लेकिन यहाँ तो माजरा ही अलग है। पहाड़ियों, जंगलों से घिरा यह इलाका अभी तक जंगली ही है। भला बताइए इकोनॉमिक्स का मतलब इनके लिए सिर्फ रुपए-पैसे की गिनती है और ये शानदार कुत्ते को भी खरगोश बता रहे हैं। पिता मनबोध जी ने उसके चेहरे पर आए परेशानी के भाव को पढ़ा तो बोले, "हीरा तहाँ न खोलिए, जो है खोटी हाट! मन छोटा न करो बेटा जाओ घर के अन्दर जाओ। यहाँ भैंस के आगे बीन बजाकर क्या होगा!"

उन्होंने आगंतुकों से हाथ जोड़कर कहा, "भेंट मुलाकात हो गई न! आप लोगों ने यहाँ तक आने में जो कष्ट उठाया, आपके उस प्रेम के हम कायल हैं। 'चाह' आ रही है। पीकर आप लोग घर जाइए। धूप तेज हो रही है।"

लेकिन वे जाते कैसे? उनके आकर्षण का केन्द्र बदल चुका था। अब वह प्रदीप नहीं, बल्कि प्रदीप का कुत्ता था।

"तो परदीप, ई खाता क्या है?" किसी ने जानना चाहा।

"अलग किसिम का खाना।" प्रदीप ने रोब डालने के लिए कहा।

"अलग किसिम का खाना!" बुढ़िया ने सबको सुनाया। खुसुर-फुसुर होने लगी।

"और खाता कैसे है?" एक लड़के की उत्कंठा अपने चरम पर थी, "इसका तो मुँहवे दिखाई नहीं पड़ता।"

"शायद बालों से ढक गया हो।" बुढ़िया ने सबको सुनाते हुए कहा।

"एक बार हमको छूकर देखने देंगे?"

"बेटा सभी तुम्हारे कुत्ते को छूकर देखना चाहते हैं।" बुढ़िया ने कहा।

अब प्रदीप बुरी तरह चिढ़ गया, "कुत्ते को मैं ले आया हूँ, कुत्ता मुझे नहीं ले आया। आप एक बात साफ कर लें, आप लोग मुझे देखने आए हैं या मेरे कुत्ते को!"

"आए तो थे तुम्हें ही देखने बेटा, लेकिन दिख गया तुम्हारा ई खरगोश न-न कुत्ता-ठो," तनिक छू लेने दोगे तो तुम्हारा क्या बिगड़ जाएगा!"

"छू लेने दो बेटा।" मनबोध मास्टर ने गाँववालों की तरफ से बेटे से सिफारिश की।

"नहीं!" प्रदीप ने स्पष्ट इनकार किया, "इनके हाथ गन्दे हैं।

कुत्ते को कहीं कुछ हो-हवा गया तो! यहाँ तो डॉक्टर भी नहीं है कुत्तों के।"

"बस एक बार!"

"नहीं। एक बार भी नहीं!"

लड़का छू लेने का लोभ संवरण न कर सका।

जाते-जाते उसने पोमेरेनियन को छू लिया।

"हाउ?" इस पर इतनी बेसुरी गुरहिट आई कि सब भाग खड़े हुए। 'चाह' तक नहीं पी किसी ने।

लौटते हुए उनके बीच एक बुझौवल मचल रही थी कि यह परदीप के कुत्ते की 'भौंक' थी, या परदीप की! पर इस बात पर सभी एकमत थे कि परदीप को कुत्ते ने काट खाया है—अमरीकी कुत्ते ने!

तीसरी नाक

नाक तो सबकी एक ही होती है, लेकिन मैं कहूँ कि हमारे गाँव की तीन-तीन नाकें थीं तो आपको विचित्र लगेगा न? विचित्र है किन्तु सत्य!

गाँव की पहली नाक थी—नबी का मुर्गा। इलाके भर में मशहूर। गुस्सा तो जैसे आठों पहर उसकी नाक पर रहता था। मजाल थी कि कोई मुर्गा उसकी ओर आँख उठाकर भी देख ले। जिसने भी

ऐसी हिमाकत की, उसे दंगल में सरेआम मुँह की खानी पड़ी। बस एक बार पासा पलट गया था। रामपुर के मेले में एक ऐसा मुर्गा आया जिसके पंजे में तेज छुरियाँ बँधी थीं। दंगल शुरू हुआ। दोनों मुर्गे उछल-उछलकर एक-दूसरे पर वार करने लगे। आखिर दूसरे मुर्गे के वार से घायल हो गया नबी का मुर्गा और उसने दम तोड़ दिया। इस प्रकार रामपुर के मेले में हमारे गाँव की एक नाक कट गई।

हमारे गाँव की दूसरी नाक थी—जलेसर का भेड़ा। जलेसर ने आरम्भ से ही भेड़े की सींग को ऐंठ-ऐंठकर ऐसा तैयार किया था कि वह भेड़ा परम गुस्सैल और लड़ाकू बन गया था। इलाके में उसकी तूती बोलती थी। रामपुर के मेले में एक से बढ़कर एक नामी भेड़े आए थे मगर वे उस वार से हारकर दुम दबाकर भागे। चौड़ा मस्तक, ऐंठी हुई मजबूत सींगें! जब वह दम साधकर पीछे हटता और दौड़कर दूसरे भेड़े को टक्कर मारता तो ठहाक की आवाज होती, जैसे नगाड़े पर चोट पड़ी हो। दो-तीन वार में ही प्रतिद्वन्द्वी पराजित! मगर रामपुर के मेले में वह एक मरियल भेड़े से हार गया। मेले में दंगल बदा था। जलेसर के भेड़े ने पीछे हटकर इतने जोर से वार किया कि सामने पहाड़ भी होता तो दो फाड़ हो जाता, मगर दूसरे भेड़े को जाने क्या सूझी। वह अचानक ही बैठ गया और अपने ही वेग से धरती से टकराकर टूट गया जलेसर का भेड़ा। इस प्रकार हमारे गाँव की दूसरी नाक भी कट गई।

गाँव की तीसरी नाक थे—गोमू पहलवान। उनका असली नाम

कुछ और ही था। मगर उनके बल-पौरुष से मुग्ध गाँववाले उन्हें रुस्तम-ए-हिन्द गामा के नाम से जोड़ते हुए गोमू कहते थे। गोमू के बारे में प्रसिद्ध था कि उन्हें बजरंगबली का आशीर्वाद प्राप्त है और वह किसी से भी पराजित नहीं हो सकते। गाँव में हर घर से उनके लिए रसद, सब्जी और दूध बँधा हुआ था। बँधा क्यों न होता!

आखिर वे गाँव की नाक थे। दो नाकों के कट जाने के बाद गाँव की बची इकलौती नाक!

वैसे गोमू पहलवान हम बच्चों के लिए पहेली ही थे। हमारी समझ में नहीं आता आखिर गोमू हैं किस मर्ज की दवा? वे एक छटाँक अन्न नहीं उपजाते और दस आदमियों के बराबर अकेले खा जाते हैं। वे तो गाय-बकरी भी नहीं पालते और इत्ता सारा दूध अकेले गटक जाते हैं। गाँव में कामकाज की कमी नहीं थी। मगर वे कोई काम नहीं करते। सिर्फ दंड-बैठक लगाते। लड़ते भी तो कभी-कभी ही, वह भी सिर्फ एक पहलवान से और उनकी लड़ाई यानी कुश्ती के क्या कहने! पहले तो हमें मालूम नहीं था मगर बाद में पता चला कि वे जिस पहलवान को पछाड़ न पाते, फौरन सिर मटकाकर इशारा कर देते। गाँव में कुछ लोग उनके भक्त थे। गोमू का इशारा पाते ही वे लोग शोर मचाने लगते कि कुश्ती गलत हो रही है। हल्ला-गुल्ला मच जाता और दंगल को बन्द कर देना पड़ता। इस तरह गोमू पहलवान अजेय बने रहते।

आश्चर्य कि यह तीसरा वाकया भी रामपुर के मेले में ही हुआ।

नागपंचमी का मेला था। जगह-जगह से जीतता हुआ पंजाब

का एक पहलवान सुच्चा सिंह रामपुर आया था। उसने आते ही गोमू को ऐसे ललकारा जैसे कोई साँड़ डकार रहा हो—"है कोई माई का लाल इस गाँव में जो मुझसे हाथ मिला सके?"

"है क्यों नहीं, हमारे गोमू को देखोगे तो अकड़ना भूल जाओगे, हमारे गाँव की नाक है वो।"

हम बच्चों ने सुच्चा सिंह को सच्चा जवाब दिया। पर असल जवाब तो देना था गोमू को।

गोमू ने आकर सुच्चा सिंह से हाथ मिलाया। दोनों पहलवानों के बीच कुश्ती नागपंचमी को होनी तय हुई। गाँव के मुखिया ने गोमू को बुलाकर कहा, "क्यों गोमू! जब्बर पहलवान से पाला पड़ रहा है इस बार, नाक तो नहीं कटवाओगे?"

गोमू ने मुँह बनाते हुए कहा, "खुराक ही पूरी नहीं पड़ती मालिक, बाकी लड़ने में तो मैं कोई कसर थोड़े छोड़ता हूँ।"

मुखिया ने हुक्के का नैचा मुँह में डाला और गुड़गुड़ाना भूल गए। थोड़ी देर सोचने के बाद उन्होंने गाँववालों को बुलाकर कहा, "गोमू के लिए हर घर से आधा किलो दूध...।"

गाँव में कुछ लोग ऐसे थे, जिनके घर दूध नहीं होता था, कुछ की आमदनी दूध पर ही निर्भर थी और कुछ लोग अपने बीमार बच्चे को दूध पिलाना चाहते थे। ऐसे लोग मुखिया के सामने हाथ जोड़कर अपनी हालत का बयान करने लगे। मुखिया ने सुना और गुना, फिर बोले, "अभाव और हारी-बीमारी तो लगी ही रहती है, लेकिन गाँव की इज्जत का भी तो सवाल है!"

जैसे-तैसे गाँववालों ने पहलवान के लिए दूध का प्रबन्ध किया। गोमू मेवे के साथ औटा हुआ दूध पीकर दंगल की तैयारी करने लगे। धीरे-धीरे आ पहुँचा नागपंचमी का वह नियत दिन। डुगडुगी बजी। अखाड़े पर तिल धरने की जगह नहीं बची थी। बीस गाँव के लोग आ जुटे थे। पेड़ों तक पर लोग बन्दर की तरह जा चढ़े थे। हम बच्चों में तो कुश्ती को लेकर इतना कौतूहल था कि सवेरे से ही अखाड़े के सामने आसन कब्जिया कर बैठ गए थे।

आखिर दंगल शुरू हुआ। गोमू और सुच्चा सिंह ने ताल ठोंकी, हाथ मिलाए, सलामी ली और भिड़ गए। पंजे मिलाते ही गोमू को अन्दाजा हो गया कि सुच्चा सिंह को हरा पाना उनके बूते की बात

नहीं है। फिर क्या था, गोमू भागने लगे जैसे वह कुश्ती न होकर कबड्डी का खेल हो। अचानक सुच्चा सिंह ने हमारे गोमू पहलवान को ऐसा झटका दिया कि उनकी कोई अकल काम नहीं आई। वे अखाड़े में मुँह के बल जा गिरे। अब गोमू नीचे थे। सुच्चा सिंह ऊपर। गोमू ने हर बार की तरह गाँववालों को देखकर मुँह बनाया पर इस बार कोई हल्ला करने नहीं आया। लाचार होकर वे अखाड़े से बाहर भागने लगे। करीब दस मिनट में दस बार वे अखाड़े से बाहर सरककर भाग चुके थे। ग्यारहवीं बार जैसे ही वे अखाड़े से बाहर भागे कि हमारे गाँववालों ने उन्हें पकड़कर सुच्चा सिंह के हवाले कर दिया, "लो भैया, इन्हें पटक दो। तुम्हारी भी छुट्टी हो जाए और हम लोग भी इससे छुटकारा पा जाएँ।"

इस तरह, रामपुर के मेले में वह अजूबा हो गया जो इससे पहले कभी नहीं हुआ था। हमारे गाँव के महाबली पटका गए। उन्हें गाँव छोड़ देना पड़ा। इस तरह हमारे गाँव की तीसरी नाक भी कट गई। पहले दूसरे लोग हमारी नाक काटते आए थे, इस बार काटने वाले हम खुद थे। नाक तो कट गई लेकिन इस बार हमें रंचमात्र भी गम नहीं हुआ बल्कि सच पूछिए तो हमने चैन की साँस ली। हम बच्चों को अब अपने हिस्से का दूध जो मिलने लगा था।

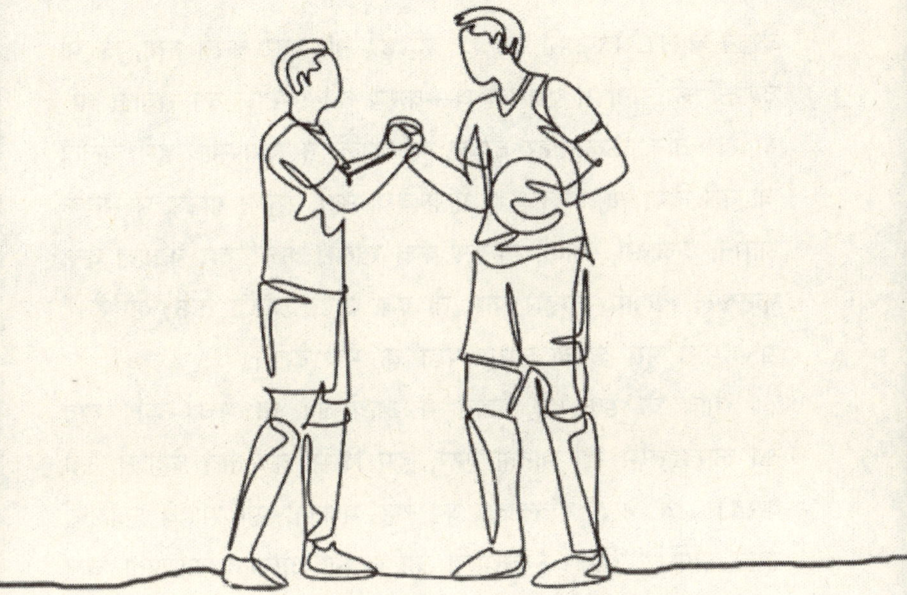

हिप-हिप हुर्रे!

फुटबॉल मैच जैसा कोई मैच होता तो कोई बात होती! पाँवों में बूट नहीं, बदन पर जर्सी नहीं, खेलने को ग्राउंड नहीं, फिर भी वह एक मैच था जिसकी उत्तेजना किसी वर्ल्ड कप से कम न थी...मैच नहीं, युद्ध! और साहब कहते हैं, युद्ध में सब कुछ जायज होता है। वैसे जाफर चाचा तो उसे सीधे-सीधे मूर्खता करार देते—फकत एक गेंद के पीछे भागते, छीना-झपटी करते बाईस लोग, हजार-एक

देखने वाले। बेवकूफी की हद ही हुई न! मगर करते क्या, वे भी दर्शकों की सेना में शामिल थे—कस्बे की प्रेस्टीज का सवाल था। आखिर तीन किलोमीटर दूर के गाँववालों ने सीधे-सीधे हमें चैलेंज जो कर दिया था, चैलेंज भी ऐसा-वैसा नहीं, स्कूल ग्राउंड में सबके सामने, "जाओ, जाओ जाकर कंचे खेलो, कंचे! तुम कंगाल क्या फुटबॉल खेलोगे, तुम्हारे पास तो एक अदद ग्राउंड तक नहीं है।" सो हमारा पूरा कस्बा उमड़ पड़ा था मैच देखने।

गाँव के इकलौते मैदान में आयोजित था मैच। कोई खुद को लाख तुर्रम खाँ मानता फिरे, हम किसी का ताव बर्दाश्त नहीं करते। अब भला गाँववालों की यह मजाल! सो साहब बोलियाँ दगने लगीं। "आज कस्बेवालों को अपनी औकात का पता चल जाएगा!" गाँववालों ने कहा।

"अभी साबित हुआ जाता है। हमारी औकात अभी आपने देखी कहाँ है!" हम कस्बेवालों ने जवाब दिया। गाँव के ग्राउंड के एक ओर गाँववाले थे, दूसरी ओर हम। झुंड के लोग अभी आते जा रहे थे। देखते ही देखते बादलों के झुंड लेकर इन्द्रदेव भी मैच देखने आ गए तो रही-सही कसर पूरी हो गई। एक सिरे पर एक टेबल पर बड़ा-सा कप रखा हुआ था, उसी के बगल में एक छोटा कप भी। मैच जीतने वाले को बड़ा कप, हारने वाले को छोटा! माँगी हुई जर्सियाँ—हमारी लाल, गाँववालों की हरी।

सीटी बजी। बादल गड़गड़ाए। खेल शुरू हुआ। उत्तेजना बढ़ती गई। दर्शकों में जिसने भी मूँगफली तोड़ी, उसे मुँह तक न ले

जा सका। दसवें मिनट में हमारे दल ने कॉर्नर किक को हेड में बदलते हुए गोल कर दिया। तालियाँ! तालियाँ! कुछ लोग मैदान में उतरकर नाचने लगे। उन्हें पकड़कर मैदान के बाहर निकाला गया। बादल फिर गड़गड़ा उठे। इन्द्रदेव ने भी वृष्टि से हमारी हौसला अफजाई की।

सीटी फिर बजी। खेल फिर शुरू हुआ। अचानक बूँदें तेज हो गईं। जैसे यह सीटी उन्हीं के लिए बजी थी। क्रिकेट होता तो बन्द हो जाता, पैसेवालों और शरीफों का खेल जो है। मगर हम ठहरे गाँव और कस्बे के लोग। फुटबॉल भी गँवई खेल! सो चलता रहा पूरे शबाब पर! थोड़ी ही देर में ग्राउंड कीचड़ से भर गया, जुते हुए धान के खेत जैसा! क्या खिलाड़ी, क्या दर्शक, भीगकर सब सराबोर!

जैसे-तैसे हाफ टाइम हुआ! पाला बदला। बूँदों ने जोर पकड़ा। दोनों तरफ से गुरुओं ने कुछ जरूरी हिदायतें दीं। नुस्खे बताए गए। सीटी फिर बजी। खेल फिर शुरू हुआ। इस बार अपने दल के खिलाड़ियों को हम पहचान न पाए। लाल, लाल न रहा, हरा, हरा न रहा। गेरुए रंग की माटी में सनकर दोनों एक जैसे दिखने लगे। कौन अपना है, कौन पराया, पता न चलता! अक्सर गफलत में विरोधी-पक्ष को पास दे बैठते। और हाय! इसी के चलते हम एक गोल खा गए। थोड़ी देर में दूसरा गोल भी, फिर तीसरा, फिर चौथा! हम गोल पर गोल खाए जा रहे थे, वे गोल पर गोल दागे जा रहे थे। खेल समाप्त होने में दस मिनट ही बचे थे। जैसे इसी की चेतावनी देने थोड़ी दूरी पर गुजर रही पैसेंजर गाड़ी की सीटी

बजी। कोलियरी का धँसान क्षेत्र होने के नाते हर गाड़ी यहाँ धीमी पड़ जाती थी।

तभी हमारे दलवालों ने एक चमत्कार किया। वह चमत्कार जो शायद ही दुनिया में कभी हुआ हो और शायद ही फिर कभी दोहराया जाए! हमारे खिलाड़ियों ने विजेता कप उठाया और दौड़कर ट्रेन में सवार हो गए। गाँववाले अवाक्—यह क्या हुआ! उनका दल भौंचक, यह क्या हुआ! पर हम चकाचक थे। विजेता कप हमारे कब्जे में था और हम ट्रेन पर सवार! समझने वाले समझ गए। लपककर ट्रेन पर जा चढ़े। नासमझ न समझ पाए। गाँववालों का सारा गुस्सा उन्हें झेलना पड़ा। वो कुटम्मस हुई कि कइयों को सालों तक फुटबॉल मैच का दर्द टीसता रहा। जाफर चाचा को भी। खैर साहब, जैसे-तैसे कई-कई टुकड़ों में बँटकर हम अपने कस्बे में लौटे। शाम ढली।

"क्या हुआ मैच में?" कस्बेवालों ने मैच से लौटे लोगों से पूछा। हम क्या बोलते! कोई-न-कोई बहाना करके टाल जाते। पर जवाब आया दूसरे दिन, "जीता है भाई जीता है! हिप-हिप हुर्रे!" रिक्शे पर विजेता कप पकड़े हमारे कप्तान दुर्दम्य पाँड़े बैठे थे। जिस गली से भी गुजरते हमारे स्वागत में लोग खड़े हो जाते। कप में पाँच, दस, सौ तक के नोट डाले गए "जीता है भाई जीता है हिप-हिप हुर्रे!" यह चमत्कार का दूसरा चरण था। और तीसरा चरण...।

तीसरे दिन कस्बे के कल्याण केन्द्र में कस्बे के गुरु राय और झँटू चटर्जी, थाने के दारोगा, गाँव के मानिन्द लोगों के सामने विजेता

कप के साथ हमारे विजेता दल की पेशी हुई। दारोगा गब्बर सिंह की तरह बेल्ट खोलकर एक-एक खिलाड़ी की आँखों में झाँकते हुए गुजरे फिर नाटकीय अन्दाज में पलटकर हो-हो करके हँस पड़े। उन्हीं के साथ बाकी सब भी।

कप गाँववालों को लौटाया गया। हम सबसे माफी मँगवाई गई। गाँववालों ने हम नालायकों को अपनी करनी के लिए माफ किया और हँसते हुए कप लेकर वापस हुए। हम मजाक का केन्द्र भले ही हुए लेकिन सभा में एक स्वर से हमारी इस बचकानी हरकत के लिए हमें बाइज्जत बरी कर दिया गया।

कहा गया, "इसमें लड़कों का कोई दोष नहीं। न बूट, न

जर्सी, न ग्राउंड फिर भी पहला गोल इन्हीं बच्चों ने किया। अब बरसात और कीचड़ का वे क्या करते? वह भी गाँववालों के ग्राउंड पर! जिसे अपना समझकर पास दिया, वह कोई और निकला।"

यह फुटबॉल मैच इस मायने में भी अद्धितीय रहा कि इसमें हारने वाली टीम को पुरस्कार मिला। वह पुरस्कार था कस्बे को भव्य फुटबॉल ग्राउंड का तोहफा! इसके अभाव में हमें गाँव या कहीं और खेलने जाना पड़ता था। अब कहीं जाने की जरूरत न थी। उद्घाटन के मौके पर इसी ग्राउंड पर वही मैच दोबारा हुआ। इस बार वह 2-2 से ड्रॉ रहा। खेल के बाद एक भव्य भोज का आयोजन हुआ जिसमें गाँववाले भी शामिल हुए, हम कस्बेवाले भी। और पैसा...? यह वही पैसा था, "जीता है भाई जीता है। हिप-हिप हुर्रे!"

कोकिला व्रत

"मिली?" पचहत्तर वर्ष की बुआ उत्कंठा में उठ भी खड़ी हो गईं। साथ ही किरपाल की आई, जुगल की ताई और दूसरी औरतें भी। ये सभी बुजुर्ग थीं, बाकी प्रौढ़ा और युवतियाँ।

"नहीं।" सत्रह साल के भतीजे गुड्डू ने जवाब दिया।

"लगता है, इस जनम में 'कोकिला व्रत' करना नहीं बदा है।"

बुआ के सामने जैसे मृत्यु साक्षात आकर खड़ी हो गई थी।

"घर में तो मिलने से रही।" जुगल की ताई को थोड़ा तैश आ गया।

"घर में...? क्या कहती हो ताई! अक्खा मुम्बई छान मारा। जहाँ-जहाँ बुआ को ले जाया जा सकता था, सभी जगह।" गुड्डू ने कहा।

"थाणे के पहाड़ पर एक मन्दिर है, वहाँ गए थे?"

"वो शुक्ला जी का मन्दिर? वहाँ तो बाघ आता है!"

"ना! वैसे तुमने चिड़ियाखाने में ढूँढ़ा, माने पूछा था? वहाँ तो मिलनी ही मिलनी थी।"

"चिड़ियाखाने ही नहीं, चिड़िया बेचने वालों से भी पूछा—वे जो लाल मुनिया, गौरैया, तोता, मैना, काकातुआ से मोर तक बेचते हैं, बोले, एक थी तो लेकिन सात दिनों पहले कोई सेठ ले गया।"

"उस मुए सेठ को भी अभी ही ले जाना था?" उदास हो गईं बुआ।

ताई ने चिड़ियाखाने की बात को फिर उठाया, "और चिड़ियाखाना?"

"मुम्बई में चिड़ियाखाना कहाँ है? हमें नहीं पता।"

"अक्खा मुम्बई ही चिड़ियाखाना है। मुम्बई ही क्यों अक्खा देश और दुनिया भी।"

यह गुड़िया थी जिसे छोड़कर सबने व्रत रखा था। सभी हँस पड़े।

"और इस चिड़ियाखाने की तू रही एक चिड़िया—आय मीन

"अव्वल तो वह सुरीली बोली नर कोयल माने कोकिल की होती है, मादा कोकिल, माने कोकिला की नहीं। पार्वती वाली कथा में भी अनेक झोल हैं। थोपी गई अज्ञानता को कब से ढोए जा रहे हैं हम! कथा गढ़ने में हमें कोई मात नहीं दे सकता। क्या कथा है! पार्वती जल मरीं और पार्वती स्वरूपा माने गौरी रूपी कोयल आज भी पिता से पूछे जा रही है—क्यों-क्यों-क्यों? मगर बुआ जी यह 'क्यों-क्यों' या 'कुहू-कुहू' तो कोकिल बोलता है, न कि कोकिला! अब अगर 'कोकिला' ही गलत हो गया तो कहाँ सार्थक रह गया कोकिला व्रत?"

महफिल में एकदम से सन्नाटा छा गया। कुछ पल के बाद सन्नाटा टूटा तो महिलाएँ कचर-पचर करने लगीं। बुआ ने याचना भरे स्वर में कहा, "यह तर्क नहीं, आस्था का प्रश्न है। मेरी वर्षों से जमी आस्था को झमेले में न फँसाओ बेटे। कोकिल हो या कोकिला—वह जो भी हो ले आओ। मेरा मतलब है, खोजो।"

"ओहो बुआ तुम समझतीं क्यों नहीं, वह कोई प्रोफेशनल गायिका नहीं जो तुम्हारी आस्था के सवाल या कथा सुनकर पिघल जाए। तुम हमारे साथ चलो, जहाँ भी मिले, जहाँ भी बोले, देख-सुनकर अपने व्रत की मर्यादा को बचा लो।"

"चलो।"

गाड़ी में दादी समेत पाँच जन बैठे। ड्राइव प्रदीप कर रहे थे और गाइड कर रहे थे गुड्डू और बुआ। गुड्डू अपनी कनपटी पर बराबर दस्तक दे रहा था, "मैंने वाकई सुनी है कोयल की बोली।

ऐसा करो, पवई चलो। वहीं लेक पर बहुत सारे पक्षी आते हैं।"

पवई बीता। कोयल की बोली न सुनाई पड़ी। अब गोरे गाँव! पेड़-पेड़ ढूँढ़ा। कोयल न मिली।

'गोरे' ही नहीं न जाने कितने गाँव देखे जो कहने-भर को गाँव थे। वहाँ कई-कई मंजिली इमारतें उन्हें डराने को खड़ी हो गई थीं।

"अब कहाँ चलें बुआ?" प्रदीप ने थके स्वर में पूछा।

बुआ खुद कंफ्यूज्ड थीं। कभी दाएँ बतातीं, कभी बाएँ। अठारह साल पहले कोयल की बोली उन्होंने कहाँ सुनी थी—स्मृति दगा दे रही थी। बुआ के लिए बैठी तो होगी नहीं वह कोयल अब तक! अब आगे अरब सागर था।

"रुको-रुको!" अचानक बोल पड़ीं दादी, "यहीं-कहीं होनी चाहिए। यही समन्दर था, तुम्हारी दादी भी थीं मेरे साथ। यहीं से लौटे थे तब वो पड़ा था।"

"समुद्र तो जहाँ-तहाँ है मुम्बई में।"

"इधर आगे था जंगल।"

"वहाँ तो बीस-बीस मंजिला बिल्डिंगें हैं।"

"वहीं किसी से पूछो, पता चल जाएगा।"

बुआ ने उम्मीद नहीं छोड़ी थी।

एक टॉवर के बूढ़े माली को बुलाकर पूछा तो वह हमें खासा मूर्ख समझ बैठा, "आप लोग किसी निपट देहात से आए लगते हैं! अरे भई, अब कहाँ रहे जंगल! उन्हीं जंगलों को काटकर ही तो बिल्डरों ने ये टावर्स खड़े किए हैं।" वह तनिक रुका, फिर

बोला, "मगर आपको चाहिए क्या जंगल में?"

"कोयल! वो आज से व्रत शुरू हो रहा है न 'कोकिला व्रत'!" गुड्डू ने कहा।

"लेकिन यहाँ कहाँ मिलेगी कोयल?"

"बुआ कहती हैं अठारह साल पहले यहाँ के किसी जंगल में उन्होंने कोयल की बोली सुनी थी।"

आसपास के कुछेक सिक्योरिटी गार्ड वगैरह आ जुटे। हमारी स्थिति पर सभी को तरस आ रहा था। कुछ तो हमारी मूर्खता पर मुस्करा भी रहे थे।

"जलाल चाचा को बुला लाओ," एक ने कहा। जलाल चाचा! अस्सी को छूती उमर। थोड़ी देर तक सुनते रहे, सहलाते रहे अपनी सफेद दाढ़ी, फिर बोले—

"आपकी बुआ गलत नहीं हैं।"

"माने?"

"माने यहाँ हुआ करती होगी कोयल।"

"होगी," माने?

"मैं तब यहाँ गार्ड था। जंगल और दीगर पेड़ों को काटकर, झुग्गियों को उजाड़कर ये टावर खड़े हो रहे थे। मेरे देखते-देखते बचे-खुचे हरे जंगल कटते गए, कंक्रीट के जंगल आबाद होते गए। अब यहाँ लोग देर रात दफ्तरों से लौटते हैं। देर तक सोते हैं। एक दिन रात 3-4 बजे कोई कोयल उधर वाले टावर पर आकर बोलने लगी। नींद में खलल पड़ा, सो वहाँ लोगों ने भगाया। वहाँ

से भागी तो इस टावर पर आकर बोलने लगी। नींद में खलल पड़ा, सो यहाँ लोगों ने भगाया।

"यहाँ से भागी तो टावर पर जाकर बोलने लगी। अगले टावर से भगाई गई तो उड़ गई। यह वाकया दूसरे दिन भी हुआ तो मैंने खुद देखा वह जहाँ-तहाँ टकरा रही थी।

"वो टावर बन रहा था। जहाँ तहाँ रॉड-वॉड, जहाँ-तहाँ बिजली के तार! कभी फड़फड़ाती हुई उधर, कभी टकराकर उधर, बीच-बीच में कूक—'कहाँ-कहाँ!' करंट खाकर मर गई। मर गई या खुदकुशी कर ली—जो भी मानो। मुमकिन है, यहीं कहीं उसका पुराना आशियाना रहा हो।" जलाल की आवाज भारी हो रही थी, "वह इस इलाके की आखिरी कोयल थी। उसके बाद फिर कभी किसी कोयल को हमने कूकते नहीं सुना यहाँ।"

"कैसे पत्थरदिल हैं यहाँ के लोग मियाँ जिन्हें कोयल की बोली भी नहीं सुहाती!" किरपाल की आई ने कहा।

"वो क्या है न बहिणी, देर रात थके-माँदे आते हैं लोग। सोएँ या कोयल की बोली सुनें! अगले दिन फिर काम पर जाना है। शायरी नहीं करनी।" उदास बुआ को लेकर गाड़ी आगे बढ़ी। जिधर भी जाओ राह रोककर खड़ी ठट्ठ की ठट्ठ वही ऊँची-ऊँची बिल्डिंगें और उनके बीच से लाखों गाड़ियों, ट्रेनों, यान-वाहनों का हुजूम। आखिर में वे हीरानन्दानी भी गए जहाँ उनकी उम्मीदों की आखिरी कोयल बसती थी। पर कहाँ! जलाल की उस आखिरी कोयल की तरह हर टावर से टकरा-टकराकर घायल हो गई बुआ की नजर!

"घर चलें बुआ?", प्रदीप ने पूछा, "शाम होने वाली है।"

"घर?" बुआ की आवाज कैसे तो भखरा गई थी, "उसे तुम घर कहते हो? वो पिंजरा है पिंजरा—कंकरीट के पेड़ पर लटका हुआ एक पिंजरा। उस पिंजरे में कोयल या सुग्गे की तरह कैद हो तुम सब। रही शाम की बात तो मेरी जिन्दगी की शाम हो चुकी अब और किस शाम से डराकर उस पिंजरे में टाँगने की तसल्ली दे रहे हो तुम?"

"त्रिशंकु!" गुड्डू बर्राया।

"न तू जमीं के लिए है न आसमाँ के लिए।"

"तेरा वजूद है अब सिर्फ दास्ताँ के लिए," गुड़िया ने पुराया।

घर हो या पिंजरा, जैसे-तैसे उन्हें मनाकर ले आया गया फ्लैट में। पूड़ी-खीर, सब्जी, फल-वल की थाल सजाकर उनके सामने कर दी गई। बाकी औरतों के भी।

"मैं सिर्फ फल लूँगी। मेरा व्रत अधूरा है।"

"नहीं बुआ जी नहीं।" नारद मुनि की तरह ऐन वक्त पर प्रकट हो गए पंडित जी।

"आप खुशी-खुशी उपवास तोड़ सकती हैं बुआ जी।"

"मगर कोयल, कोयल की बोली...और माटी का दीया..."

"सारा इन्तजाम हो गया है। वही नहीं, और भी बहुत कुछ। आपकी तपस्या का ही फल है कि टावर के बिल्डर्स की ओर से ग्यारह हजार रुपए भी आए हैं कोकिला व्रत अनुष्ठान के लिए।"

बुआ तनिक अचकचाईं तो पंडित जी ने स्पष्ट किया, "कोइलिया उन्हीं के बिजली के तार से करंट खाकर मरी थी न!"

"माने गाय मार बाभन को दान...हर गंगा!" प्रदीप ने तंज कसा।

"ऐसा नहीं बोलते बेटा।" पंडित जी ने कहा, "अरे उन्हीं जैसे धर्मात्माओं के ऊपर ही तो देश टिका है। वो तो कहिए टाइम नहीं था वरना सोने की कोयल बनवाकर 'कोकिला व्रत' का बड़ा-सा अनुष्ठान कराते।"

"सोने की कोयल...?" गुड़िया ने टोका, "पर मैंने तो अभी तक असली कोयल भी नहीं देखी, पहचानेंगे कैसे?"

जुगल की ताई ने धीरे से कहा, "कौआ देखी हो न? बस

वही समझ लो! पंडित जी मामूली पंडित न थे, हाइटेक पंडित थे, उन्होंने लैपटॉप सामने कर दिया—कोकिलाओं की फैशन परेड लग गई। सारी आँखें लैपटॉप पर झुक आईं जैसे वे कुएँ में झाँककर कोकिल दर्शन से अपना जीवन सफल कर रहे हों।

आखिर-आखिर तक सब गरिमापूर्ण ढंग से सम्पन्न होने लगा—

लैपटॉप की कोकिला थी और रिंगटोन की कोकिल की कूक!

लैपटॉप के झलमलाते प्रदीप थे, और लैपटॉप की नीराजना! छोटे से स्क्रीन पर मीडिया का कोई चैनल गौरी के सतीदाह के दक्षयज्ञ के प्रसंग को भक्तिभाव से परोस रहा था।

हाइटेक पंडित जी ने गला साफ कर कोकिला-व्रत का मंत्र पाठ शुरू करना चाहा तो प्रदीप ने रोक दिया।

"जब सब कुछ गूगल महाराज की कृपा से हो रहा है तो आगे का मंत्र पाठ-विधि विधान भी वही करेंगे। आप नाहक कष्ट क्यों करेंगे पंडित जी?"

आइडिया

यकीन करें, न करें, ये जो दो व्यक्ति बालाजी मन्दिर की सीढ़ियों पर बन्दरों की तरह उदास भाव से बैठे हैं, जिनके नाम रामैया और सोमैया हैं, न तो मन्दिर के पुजारी हैं, न राह के भिखारी। अलबत्ता थे कभी दोनों ही, दोनों के दोनों। पर वह पाँच साल पहले की बात है। पूरी कथा जानने के लिए आपको पाँच साल पीछे लौटना होगा जब बेरोजगारी में रामैया और सोमैया सड़क नापा करते थे।

आसमान से नहीं टपके थे रामैया-सोमैया। आसमान से तो टपके थे बन्दर। बन्दर के हाथों टपका था अखबार और अखबार के हाथों टपका था टेंडर। है न मजे की बात! पर थी कुछ ऐसी ही बात जब पाँच साल पहले इस पत्थरघाटी के वानरों से भरे इलाके में एक वानर अपनी तमाम चालाकी के बावजूद ट्रक की चपेट में आ गया। तभी संयोगवश एक ओर से प्रकट हुए रामैया, दूसरी ओर से सोमैया और बीच से प्रकट हुई उनकी तकदीर। बड़े धूमधाम से वानर को हनुमान जी बताकर अन्त्येष्टि की गई। फिर सरकारी जमीन पर कब्जा करके, ट्रक और हर राहगुजर से चन्दा लेकर एक मन्दिर बनाया गया। प्रचार यह किया गया कि पत्थरघाटी के हनुमान जी अत्यन्त जाग्रत देवता हैं, जो माँगो, मिलता है।

बालाजी का यह मन्दिर दिन दूनी रात चौगुनी गति से खड़ा होने लगा और चढ़ावे की परत से रामैया और सोमैया के बदन पर चढ़ने लगी चिकनाई की परत। बात यहीं नहीं रुकी। दोनों ने बगल में और दो-दो एकड़ जमीन कब्जिया कर उसे बाकायदा धार्मिक केन्द्र या 'हब' के रूप में विकसित करने की सोच ली।...

चूँकि इस क्रिया में काफी पैसों की जरूरत थी, सो वे दिन-रात पैसे उगाहने की एक से बढ़कर एक शातिर चालों में मशगूल रहते। इन्हीं शातिर चालों में से एक थी वह चाल जिसकी हम चर्चा करने जा रहे हैं।

उतरते बसन्त का ऐसा ही कोई ढलता दिन था। पत्थरघाटी

में बन्दर ऊधम मचा रहे थे। रामैया और सोमैया मन्दिर के बाहर दो खाटों पर लेटे शाम की आरती का इन्तजार कर रहे थे। मना रहे थे कि कोई मोटा सेठ आए, आरती में भाग ले, उसकी अटैची छूट जाए और अटैची में हजार-हजार के हजारों गुलाबी नोट हों। तभी एक बन्दर द्वारा दूसरे बन्दर को खदेड़े जाने के क्रम में ऊपर से कुछ गिरा। वह एक अखबार का टुकड़ा था। रामैया ने उठाकर देखा और खुशी से उछल पड़ा। कहते हैं, 'खुदा जब देता है, छप्पर फाड़कर देता है।'

सोमैया ने अखबार खोलकर देखा, "बन्दर पकड़ने का टेंडर था। बन्दरों से त्रस्त तीसेक क्षेत्रों से बन्दरों को पकड़कर किसी अभ्यारण्य में छोड़ आने का टेंडर! सरकार ने मोटे तौर पर एक प्रारूप भी तय कर दिया था—बन्दर की खुराक के लिए प्रतिदिन दो-दो केले, सौ-सौ ग्राम चने आदि-आदि एक। बन्दर पर अस्सी रुपये खर्च करने का प्रावधान था।"

"यार, अस्सी रुपये कम नहीं हैं क्या?" रामैया कुरमुराया।

"पत्थर पड़े हैं अक्ल पर, अरे केले का साइज तो नहीं लिखीं न, न ही चने-वने का। जरूरी है कि टॉप ग्रेड के केले और काबुली चना ही हो...!" सोमैया ने समझाया।

"लेकिन उतने बन्दर पकड़ पाएँगे हम?"

"सौ के लगभग तो अपनी पत्थरघाटी में ही हैं, बाकी बहुत से मन्दिरों को ऐसे ही समझ लो। एक बन्दर के पचास भी बचे तो पचासेक हजार तो बैठे-बिठाये एक ही क्षेत्र से। ऐसे तीस क्षेत्र

हैं। संख्या और भी बढ़ सकती है।" यह कहते हुए सोमैया ने होठों पर जीभ फेरी।

"खुद बालाजी महाराज ने यह सौभाग्य हमें दिया है कि अभागो, दिन-रात हाय पैसा, हाय पैसा करते रहते हो। रुपये पतझड़ के पत्तों की तरह झड़ रहे हैं, लो बटोरो, कितना बटोर पाते हो।"

रामैया ने 'किन्तु' में 'परन्तु' जोड़ा, "तुमने कैसे मान लिया कि ये टेंडर तुम्हें ही मिलने जा रहे हैं?"

मामूली बात है। एकदम कम का टेंडर भरेंगे। धार्मिक मसला है। हमारी-तुम्हारी तरह कम ही लोगों का जिगरा होगा इस मधुमक्खी के छत्ते में हाथ डालने का। रामैया चुप हो गया। शाम की आरती का समय हो चला था। कुछ गाड़ी वाले आ गए थे। परन्तु रमैया की जुबान पर था, "सोमैया, तूने कभी कोई बन्दर पकड़ा है?"

"नहीं। और तूने...?"

"मैंने क्या, मेरे बाप ने भी नहीं।"

"तो...?"

"तो क्या? बन्दर न तुम्हें पकड़ना है, न मुझे! बन्दर पकड़ेगी एक टीम। उस टीम में बन्दर पकड़ने वाले, उनकी देखभाल करने वाले, एक जालीदार पिंजरा, फन्दा होगा, खाने-पीने, स्वास्थ्य, सफाई, ट्रांसपोर्टेशन, सरकारी कागजात, सम्पर्क सुरक्षा...सब होंगे। कल सबसे पहले टेंडर, फिर टीम गठित करने की की कार्रवाई होगी।"

"पैसा?" रामैया ने सवाल टाँका।

"दो-दो एकड़ खेत और मन्दिर की प्रापर्टी तो हुई है फिर पैसों

से पैसा आएगा न? आखिर बालाजी का काम है, हमारा अपना निजी स्वार्थ का तो नहीं।" सोमैया ने समाधान दिया।

"सो तो है।" रामैया सन्तुष्ट हुआ। रात-भर उनके सपनों में बन्दर उछलकूद मचाते रहे। रात-भर रुपये पत्तों की तरह झरते रहे...। ऐसी कई रातें, कई दिन...। आखिर बालाजी की कृपा हुई। टेंडर उनके नाम खुल गया। टेंडर नहीं लॉटरी!

टीम भी जोड़ ली दोनों ने। फन्दे-बन्दे भी आ गए। जालीदार ट्रक-व्रक भी। तय हुआ कि इधर बन्दर पकड़े जाते रहें, उधर उन्हें जंगलों में छोड़ आने का काम भी चलता रहे।

टीम ने बन्दरों की पहली खेप पकड़ने का अभियान छेड़ा। बन्दरों ने दाँत निकालकर बन्दर घुड़की दी। रामैया-सोमैया ने भी दाँत निकालकर घुड़की का जवाब घुड़की से दिया। तभी एक गड़बड़ी हो गई—टीम का कोई सदस्य लड्डू खाने की बेवकूफी कर बैठा। एक बन्दर ने उसे कसकर चाँटा रसीद कर लड्डू छीन लिया। कुछेक को बन्दरों ने काट भी लिया। ऐसी कई प्रारम्भिक दिक्कतें आईं पर धीरे-धीरे वे इन पर विजय प्राप्त करते गए। अब वे इस कला में विशेषज्ञ बनते जा रहे थे। बन्दरों को भेजने की पहली खेप तैयार हुई। दल के लोग भी बैठे, बन्दर भी।

"इन्हें कहाँ छोड़ा जाएगा साहब?" ट्रक के ड्राइवर ने पूछा।

"पचास किलोमीटर दूर। कहीं भी...?" सोमैया ने कहा।

सोमैया ने मसले को जितना आसान समझा था, वह उतना ही कठिन सिद्ध हुआ। ट्रक जहाँ भी जाता, शोर मच जाता, यहाँ नहीं,

यहाँ नहीं। कई तो खदेड़ देते। बन्दरों की पहली खेप लेकर ट्रक सारी रात भटकता रहा। सुबह वापस फिर पत्थरघाटी।

"वैसे तो सभी बनते फिरेंगे हनुमान जी के खाँटी पुजारी। लेकिन इन बन्दरों को स्वीकारने को कोई तैयार नहीं। क्या जमाना आ गया है!" रामैया ने थकी आवाज में कहा।

"घोर कलयुग है महाराज!" ट्रक ड्राइवर ने कहा।

"चुप बे!" रामैया चिढ़ गया।

"चिढ़ने से तो समस्या हल होने वाली नहीं। सवाल है, इन बन्दरों को छोड़ा कहाँ जाए?" रामैया ने कहा।

"चाड़ोबा के जंगल में, यहाँ से 100 किलोमीटर दूर...?"

"पर वहाँ के वन अधिकारी ने पहले ही हाथ खड़े कर दिये हैं।"

"तुमने पूछा था?"

कहाँ नहीं पूछा! आसपास के तीनों अभ्यारण्यों और वन अधिकारियों से पूछ चुका हूँ। सबों का एक-सा जवाब!

नहा-धोकर वे सुबह की पूजा आरती करने लगे तभी सोमैया को जैसे इलहाम हुआ—"आइडिया!"

रोमैया ने आरती रोककर पूछा, "जल्दी बता, मेरे प्राण अटके पड़े हैं।"

"बालाजी की इस सेना को समन्दर पार जाना होगा एक बार फिर...।"

"मतलब...?"

"मतलब यह कि अफ्रीका का एक देश इस बात पर सहमत हो गया है कि जितने भी बन्दर हैं वह लेने को तैयार है। यानी यह समस्या तो हल हुई। अब छोटा सा काम रह गया है। वैगनों में सारे बन्दरों को पकड़कर मुम्बई के डॉकयार्ड में रेल से पहुँचाना जहाँ से समुद्री जहाज उन्हें वहाँ छोड़ आएगा। थोड़ी लिखा-पढ़ी भी हमें करनी पड़ेगी।"

"हाथी पार हो गया तो दुम नहीं अटकेगी।" रामैया ने बाकी आरती को पूरा करते हुए अपने पार्टनर मित्र को आश्वस्त किया।

"लेकिन...!" कथा में फिर वही लेकिन आ खड़ा हुआ। माने वो क्या कि किन्तु में परन्तु! हाथी की दुम अटक ही गई।

मुम्बई के एक अधिकारी ने टके-सा सवाल फेंक दिया, "इन बन्दरों का अफ्रीका वाले क्या करेंगे?"

"हमें तो आम खाने से मतलब है, पेड़ गिनने से नहीं।"

"गिनना पड़ता है...वे इन्हें अपने बाघों को खिलाएँगे।"

"नहीं।" रामैया की चीख निकल गई।

"तो आप क्या समझते हैं बन्दरों को ले जा रहे हैं आरती उतारने के लिए?"

यहीं खटाई में पड़ गया आइडिया। कई-कई दिन यार्ड में पड़े रहे वैगन। कई मर गए, कई बीमार, रेलवे प्रशासन की हर्जाने और बला टालने की रोज-रोज की धमकियाँ...!

एक दिन दोनों पार्टनर आमने-सामने उदास बन्दरों की तरह बैठे थे तो सोमैया को फिर इलहाम हुआ, "आइडिया!"

"साँप की पूँछ में अभी जान बाकी है?" रामैया बोला।

"अरे, सुनो तो...।"

"सुनाओ...।"

"बन्दरों के पास एक खास कौशल होता है जो औरों के पास नहीं होता।"

"क्या?"

"अपने लक्ष्य की ओर लम्बी कूद मारते हुए बन्दर को बीच रास्ते में ही आभास हो जाए कि वह लक्ष्य तक नहीं पहुँच सकता, या उसे नहीं जाना चाहिए तो वह बीच रास्ते से ही यू-टर्न ले लेता है।"

"हूँऽऽऽ! यानी कि हमें भी...।"

"हाँ!"

इस प्रकार, शुरू हुई दौलताबाद से दिल्ली की वापसी यात्रा- फिर वही ट्रक। फिर वही दल। फिर वही अँधेरा। अँधेरे में बचे हुए बन्दरों को रामैया और सोमैया का दल छोड़ आया।

धोखाधड़ी के आरोप में जेल हुई। छूटे तो पता चला उनके बालाजी मन्दिर पर किसी दबंग पुजारी ने कब्जा कर लिया है, जमीन पर भी...। अब रामैया और सौमैया शेष बन्दरों के साथ बन्दर बने, मन्दिर की सीढ़ियों पर प्रसाद चुग रहे हैं। जानना चाहेंगे सोमैया को फिर कोई आइडिया या इलहाम हुआ कि नहीं! हुआ था। वह यह कि मन का लड्डू खा रहे थे कि बाला जी ने कस कर एक चाँटा रसीदा और लड्डू छीन लिया।

शिलानाथ देव

(बांग्ला के अप्रतिम हास्य कथाकार शिवराम चक्रवर्ती से प्रेरित)

गाँव का नाम सोनामुखी पर सोने का मुख किसी गाँववाले ने नहीं देखा। नदी का नाम सदानीरा मगर बरसात के दिनों के सिवा कभी जल के दर्शन न हुए। ...और अपने शिव, कहने को जिनकी तीन-तीन आँखें होती हैं, उस शिव चक्रवर्ती को अब किसी भी आँख से कुछ सूझ नहीं रहा था कि क्या करें, कहाँ जाएँ। शिव चक्रवर्ती

खुद पर हँसे—कहने को चक्रवर्ती पर हकीकत में जनम के कंगाल। माने जो कुछ भी था, सब उलटा-पुलटा। पत्नी दो वर्ष पूर्व अपने दो बच्चों के साथ मायके जो गई सो आज तक न लौटी। निश्चय ही किसी अव्वल दर्जे के दिलजले या दिल्लगीबाज ने लाखों नामों में चुनकर ये नाम छाँटे होंगे! शिव चक्रवर्ती कथावाचक थे। उनके कथावाचक के अन्दाज में कहें तो इसी सदानीरा के तट पर किसी समय इसी सोनामुखी गाँव में एक दरिद्र ब्राह्मण रहा करता था।

मरभुक्खड़ों का उजाड़ गाँव था सोनामुखी। न कोई पूजा-पाठ, न कोई दान-दक्षिणा। शिव की तरह ही दो अन्य ब्राह्मण थे—गोपाल और नन्दलाल। भोजन भरपेट कभी नसीब न हुआ उन्हें। पेट पीठ से जा सटा था। संस्कृत भी ठीक से न आती, भीख माँग नहीं सकते थे, सो नन्दी, भृंगी की तरह शिव को घेरे रहते—"काका तुम तो साक्षात शिव ठहरे, जरा तीसरी आँख खोलकर देखो न, हम कंगालों के लिए कहीं से कोई रास्ता निकलता है या नहीं।"

इस पर शिव उन्हें पंचतंत्र की एक कहानी सुनाते—"एक बुद्धि, सहस्त्रबुद्धि की, कि किस तरह तालाब के सूखते जाने पर सहस्त्रबुद्धि वाली मछली मारी गई और एक बुद्धि वाली मछली वक्त रहते तालाब से बाहर चली गई और बच गई। मुझे तो बस एक ही बात सूझती कि इस 'शुष्क नीरा' के किनारे इस कंगाल गाँव में बैठे-बैठे मर जाने की अपेक्षा कहीं और चले जाना ही श्रेयस्कर है।"

पर सवाल था कहाँ जाएँ? पीपल के पेड़ के नीचे उदास बैठे-बैठे सोचा करते।

आखिर एक दिन भूखे पेट सोए थे कि सपने में उन्हें एक नदी दिखाई पड़ी जिसमें सदानीरा की सूखी नदी के उलट पानी लबालब था—गंगा, यानी हुगली। कोलकाता की हुगली और उसके किनारे काशीपुर का भव्य मन्दिर। नींद खुल गई। अरे यह तो सर्वमंगला देवी का मन्दिर है। कोलकाता धनी-मानी धर्मप्राण मारवाड़ी सेठों का महानगर है। जहाँ देखो, कतार से पुजारी और भिक्षुक बैठे रहते हैं। शाम तक 100-200 की कमाई हो जाना आम बात है। और सर्वमंगला देवी का मन्दिर! वहाँ तो पुजारियों का जमघट है। शाम तक सबकी झोली इतनी भर जाती है कि उठाए नहीं उठती।

दूसरे दिन कहीं से माँग-जाँचकर चूड़ा और मूढ़ी (लाई) का प्रबन्ध किया और बातें करते हुए सदा सतर्क रहे कि कहीं सपने वाली बात का भेद खुल न जाए वरना ये गोपाल, नन्दलाल पीछे हो लेंगे—हमें भी लिवाते चलो न काका! नहीं। वे किसी को भी अपने साथ नहीं लिवा जाएँगे, चाहे कोई कितनी भी मिन्नत करे। कंगाल की पोटली की तरह वह खजाने की खोज के अपने इस रहस्य को छुपाए फिरते रहे दिन-भर। दिन बीता, रात हुई और रात बीती, भोर!

गोपला और नन्दुआ को तो नहीं ही बताना है, फिर भी गाँव में पचास लोग हैं। कहीं कोई देख न ले, रोक न ले, टोक न दे, सो काग-दृष्टि से इधर-उधर की टोह लेते हुए अपने जर्जर मकान के खिड़की-दरवाजे बन्द किए। फिर दरवाजे पर ताला लगाकर कई बार खींचकर इत्मीनान कर लिया कि वह पूरी तरह से बन्द है। वैसे इस गरीब के घर चोरों को मिलेगा भी क्या, जो भी चोरी की नीयत

से आएगा, अपना कुछ-न-कुछ छोड़कर ही जाएगा। फिर भी...!

"दुर्गा-दुर्गा," कहकर निकल पड़े।

अभी चन्द कदम ही बढ़े थे कि बेखयाली में किसी सख्त चीज से पाँव को ठोकर लगी। गिरे धड़ाम! छाता अलग जा छिटका। पोटली अलग जा पड़ी।

"माँ गो! माँ गो!" कहकर कराहते हुए उठे। किसी ने देखा तो नहीं? नहीं! मुड़कर देखा तो राह के ऐन बीचोबीच एक उभरा हुआ पत्थर था। प्रथम ग्रासे मक्षिका पातः! पत्थर को खा जाने

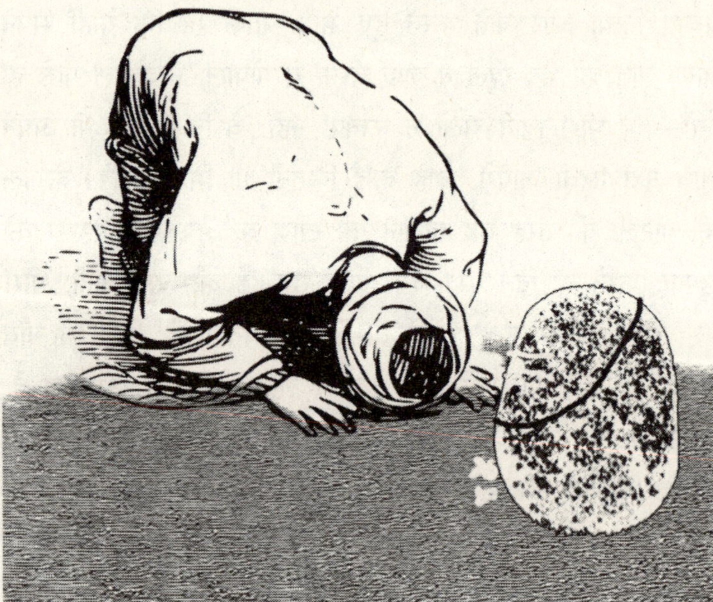

वाली नजर से देखते हुए खिसियाए से झुककर जल्दी-जल्दी छाता और पोटली उठाई, धूल झाड़ी और पीछे मुड़-मुड़कर देखते हुए कदम बढ़ाए। चलो, चोट तो लगी, पर यह अच्छा रहा कि किसी ने देखा नहीं। तभी, "अरे काका!" टेर पर चौंककर देखा तो शिव जी के गणों की तरह वही गोपाल और नन्दू!

"तुम यहाँ माटी में झुक-झुककर प्रणाम किसे कर रहे थे काका? अरे तुम्हारे कपड़ों में तो धूल लगी है! साष्टांग प्रणाम कर रहे थे क्या?" गोपाल और नन्दू गमछे से धूल झाड़ने लगे।

शिव खिसियाई नजर से अभी भी उस पत्थर को देखे जा रहे थे।

"ये कौन से देवता हैं?" नन्दू ने पूछा।

"शिलानाथ।" जलकर कहा।

"बहुत जाग्रत देव हैं क्या?"

"बहुत! सारी मनोकामना पूरी करते हैं।"

"पर तुम सवेरे-सवेरे चुपके-चुपके जा कहाँ रहे थे?" गोपाल ने पूछा। शिव ने हाथ के इशारे से उन्हें आगे प्रश्न करने से रोका और लँगड़ाते हुए 'सी-सी' करते आगे 'दुर्गा दुर्गतिनाशिनी!' जपते-जपते बढ़ गए। तनिक देर बाद पीछे मुड़कर देखा तो पाया कि नन्दू और गोपाल भी पत्थर को साष्टांग प्रणाम करते हुए लेटे पड़े थे। कुढ़ गए। सोनामुखी पीछे छूटता गया।

तब से क्या सर्दी, क्या गर्मी; क्या वर्षा, क्या बसन्त काशीपुर का 'सर्वमंगला देवी का मन्दिर' ही शिव का बसेरा बन गया, माने 'शिवधाम!'

कहावत है, अभागा जहाँ जाता है, समुद्र भी हो तो सूख जाता है। जल्द ही सेठों, धनाढ्यों का इस नगरी से भी जी उचटने लगा। लोगों को पंडित नहीं, ज्योतिषी और भविष्यवक्ता चाहिए था जो उन्हें रातोरात और अमीर बना दे। ऐसा ही होता तो वे खुद अपना भाग्य न बदल लेते! इस तरह दो वर्ष बाद शिव चक्रवर्ती लौट आए उस सपनों की स्वर्ण नगरी से अपने सूखे चीमड़ सोनामुखी गाँव, जहाँ कुछ भी सुनहरा नहीं था, पर जो था, निहायत अपना था।

पर यह क्या...? कहीं वे गलत जगह तो नहीं आ गए? सुदामा की कुटिया की तरह किसने दो ही वर्षों में सोनामुखी की काया बदल दी! यद्यपि पीपल का पेड़ वहीं था, सदानीरा वहीं और वैसी ही थी और दूर उनका अपना जीर्ण-शीर्ण घर भी वहीं था पर यह मन्दिर...? बीच राह में यह मन्दिर कब बन गया? अगल-बगल मेला लगा था, चाय, पकौड़े, गट्टा, मिठाई, खिलौने, चरखी, झूले। मन्दिर के द्वार से लोगों की एक लम्बी कतार दूर तक खिंच गई थी। लोग बेलपत्र, पुष्प, बताशे, अगरु लेकर लाइन में लगे आगे सरक रहे थे। उन्होंने लाइन में लगे अन्तिम व्यक्ति से पूछा, "यह किसकी पूजा है? मेरा मतलब किसका मन्दिर है...?"

वह व्यक्ति उनकी नादानी पर हँसा, "आपको नहीं मालूम?"

"ना।"

"बड़े सिद्ध देवता हैं, सबकी मनोकामना पूरी करते हैं। तुम्हें भी माँगना हो तो लाइन में लग जाओ, वरना पिछड़ जाओगे।"

शिव भी लगे हाथ लाइन में लग गए। सरकते-सरकते जब वे

गर्भगृह तक पहुँचे तो दोनों पुजारियों ने आगे बढ़कर उनका स्वागत किया, "आइए! आइए!"

अरे ये दोनों तो गोपाल और नन्दू लग रहे हैं। दोनों की तोंद निकल आई है, बदन फूल गया है जैसे किसी ने पिचके बैलून में हवा भर दी हो। उनकी आँखों तक पर चर्बी चढ़ गई थी, उन्होंने उन्हें पहचाना ही नहीं।"

"मुझे देवता के दर्शन तो कराओ।"

गोपाल ने गर्भगृह के पत्थर को दिखाया, "ये रहे हमारी सकल मनोकामनाओं को पूर्ण करने वाले शिलानाथ देव!"

शिव ने देखा, वही पत्थर! दो वर्षों की पुरानी ठेस जग गई, "तुम...?" शिव चक्रवर्ती की आँखें सिकुड़ीं, "तुम तो वही पत्थर हो न!"

"पत्थर नहीं, शिलानाथ देव!" पत्थर ने आँख दबाई!

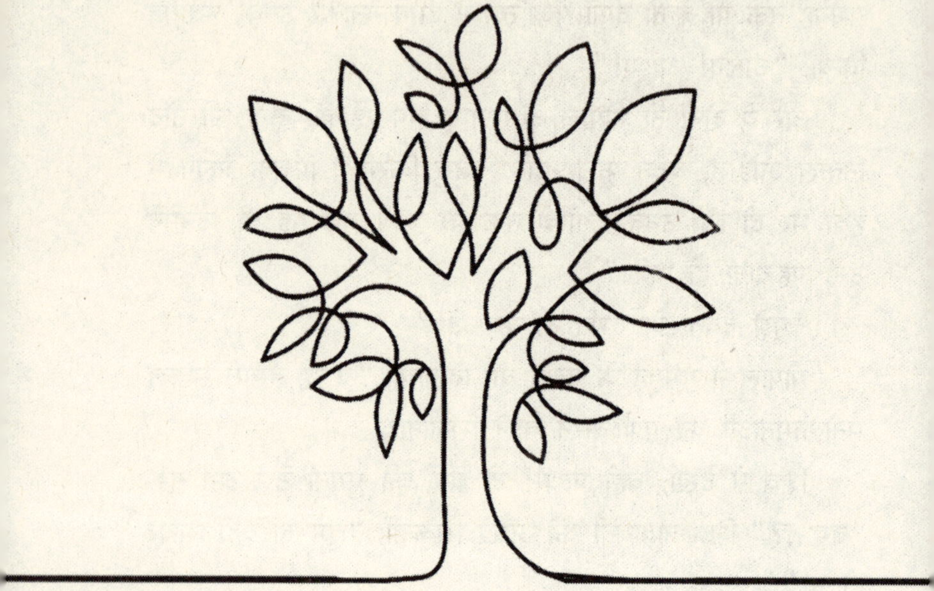

रोशनी के पेड़

शमशेर सर कहा करते कि कोई भी चीज हो ऊर्जा या पदार्थ, नष्ट नहीं होती, उसका सिर्फ रूप बदलता है। बताते-बताते वे यहाँ तक बोल जाते कि मेरा खयाल है किसी चीज को किसी भी दूसरी चीज में बदला जा सकता है।

"कुछ ज्यादा तो नहीं बोल गए सर?" क्लास के सबसे शरारती लड़के अंशुल ने कहा।

"मुझे तो यही लगता है। तुम्हें नहीं लगता?"

"ना।"

"क्यों?"

"मुझ नकारे को आप अपने जैसा बना दें तो मानूँ।"

कुछ ही दिनों बाद, स्कूल की ओर से तय हुआ कि अगले रविवार को पिकनिक पर चला जाए। अंशुल ने स्वयं जाने वाले छात्रों की सूची बनाई। शमशेर सर को भी सूची में शामिल किया। शमशेर बड़े ना-नुकुर के बाद इस बात पर चलने को राजी हुए कि वहाँ सारे लड़के अनुशासन में रहेंगे।

तय हुआ कि इस बार धनुआडीह की घाटी में चला जाए। वहाँ एक गेस्ट हाउस भी है, पानी-वानी का इन्तजाम भी और नीचे घाटी का सौन्दर्य अपूर्व होता है।

बस में सवार होने के पूर्व सबके सामानों की जाँच हुई। अंशुल के थैले से गुलेल निकालकर रखवा दिया गया।

"सर, इससे मैं चिड़िया मारता।"

"तुम्हें इसके बदले बाइनोक्यूलर और कैमरा ले जाना चाहिए। प्रकृति प्यार करने की चीज है, हिंसा की नहीं।"

बस चल पड़ी। शाम के तीन बज रहे थे। धनुआडीह के गेस्ट हाउस में इस हिसाब से उन्हें छह बजे तक पहुँचना चाहिए था। बीच में 'बाँस टाँड' में पाँच-एक मिनट के लिए बस रुकी, फिर चल पड़ी। जंगल उनके दोनों ओर लग चुका था। छह बजने के पहले ही बस गेस्ट हाउस के फाटक पर आकर खड़ी हो गई।

"सर!" अचानक बच्चों के मुँह से अपशकुनी चीख निकलकर फिजाओं में फैल गई।

"क्या हुआ?" शिक्षकों ने मुड़कर ताका।

"सर अंशुल तो है ही नहीं।" इम्तियाज ने कहा।

"अरे नहीं। शरारती लड़का है। बस में ही कहीं छुपा होगा ढूँढ़ो।"

"नहीं सर। वाकई अंशुल नहीं है," पीटर ने कहा।

"बीच में बस बाँस टाँड रुकी थी न पाँच मिनट के लिए। वहीं शायद..."

"ओ माय गॉड! दैट इज ए डेंजरस प्वाइंट!"

आधे लोग गेस्ट हाउस में उतर गए और कुछ साहसी बच्चों को लेकर बस वापस मुड़ गई बाँस टाँड को। शाम अब रात में ढल चुकी थी।

उधर जब बाँस टाँड में पाँच मिनट के लिए बस रुकी थी तो अन्य बच्चों की तरह अंशुल भी उतरा था पर वापस सवार होता, इसके पहले बस छूट गई। दरअसल गलती अंशुल की ही थी। नीचे उतरते ही उस पर शेखी चढ़ गई—उसने हाथ-पाँव झटके और एक फिल्मी गीत—"अकेला हूँ मैं, इस दुनिया में, कोई साथी है तो मेरा साया..., अकेला हूँ मैं...!" गाया और अभिनय करने लगा।

वह जब तक लौट पाता, बस जा चुकी थी। सचमुच वह अकेला हो गया था। सारी मस्ती गुल!

"शमशेर सर! सरऽऽऽ!" रोता-चीखता सड़क पर भागा एक

तिराहे पर खड़ा हो गया वह—"इस गहराती शाम में कीड़ों और जंगली जानवरों के शोर में मुझे कौन बताएगा कि धनुआडीह जाने का सही रास्ता कौन सा है।" वह खड़े-खड़े रोने लगा और रोते-रोते अनुमानित दिशा में चल पड़ा। जंगल जंगल होता है और आबादी आबादी। उसे एक साथ जितने भी देवी-देवता याद थे, सबकी मनौतियाँ मान लीं। हनुमान चालीसा और जितनी भी स्तुतियाँ याद थीं, दोहरा डालीं। अचानक उसे लगा, वह परियों के देश में पहुँच गया है। क्या पता, हनुमान जी द्वारा खोजी गई संजीवनी बूटी जैसा कुछ तो नहीं! सामने की पहाड़ी से नीली-नीली आभा फूट रही थी। नीचे के पौधों से भी नीली आभा निकलने का अहसास हो रहा था। उसने पीछे ताका, एक साथ चार सियार मुँह बाये हूक रहे थे—हुआँऽऽ! हुआँऽऽऽ! कोई आहट पाकर पलटा तो सिर के ऊपर से कोई काला पखेरू या चमगादड़ गुजर गया। दूर यह क्या दिख रहा है काला बिल्ला, गोरिल्ला, भालू या कोई अन्य जानवर! डर-ही-डर! अपशकुन-ही-अपशकुन!

आज निश्चित मरण है।

उसका मन हुआ कि वह जोर-जोर से रोए पर यह रोना सुनकर आएगा कौन उसे बचाने! साँसत में जान थी। हल्की-सी आहट होती कि लगता कोई आ गया मारने।

अरण्य रोदन पर सहसा उसे फिर याद आए शमशेर—संकट में घिर जाओ तो धीरज न खोना। ये राजा-रानी, भूत-प्रेत, राक्षसों, जिन्नों, परियों, चुड़ैलों की कहानियाँ बस कहानियाँ हैं। इनसान के

पास एक आला दिमाग है, इन सबसे ऊपर...।

उसने आँसू पोंछ डाले और नीली आभा के कुछ पौधे उखाड़ लिये। अब वह उनकी हलकी रोशनी में आगे बढ़ने लगा। तभी उसे दूर से "अंशुल! बेटा अंशुल!" की टेर सुनाई देने लगी।

शमशेर सर, अन्य शिक्षकों और बाकी छात्रों के चेहरे पर खुशी की लहर दौड़ गई। सबने अंशुल को चूमा और उसकी आपबीती पूछी। अंशुल ने पीछे मुड़कर उस नीली आभा वाली पहाड़ी और जंगल को दिखाया। हैरान हो सभी उधर देखने लगे। कुछ ने उस नीलम देश का अपने मोबाइल से चित्र भी लिया।

"यह क्या है सर?" बच्चों ने शमशेर सर से पूछा।

"गेस्ट हाउस पहुँचकर पहले सबको अपना चेहरा दिखाओ फिर बताते हैं कि यह क्या है।"

भोजन के वक्त सारी बत्तियाँ गुल कर दी गईं, रह गईं सिर्फ बाँस टाँड से लाई हुई हल्की नीली रोशनी फेंकती झाड़ियाँ।

"आज हम नीलम देश की नीली रोशनी में उस नीलम देश का रहस्य खोलते हैं," शमशेर सर ने कहा—"बच्चों, आपने जुगनू से जलती-बुझती नीली रोशनी को देखा होगा। वह लूसीफेरस के चलते पैदा होती है। फॉस्फोरस के जलने से पैदा होती है यह रोशनी। वैज्ञानिकों को इस बात का पता था। कई-कई देशों के वैज्ञानिक अपने-अपने ढंग से इस ठंडी रोशनी के सच को जानने की कोशिश कर रहे थे।

"अमेरिका की 'मेसाचुसेट यूनिवर्सिटी ऑफ टेक्नोलॉजी' के

वैज्ञानिकों को आखिर लूसीफेरस की कड़ियों को जोड़ते हुए रात में रोशनी पैदा करने वाले पौधे को विकसित करने में सफलता मिल ही गई। केमिकल इंजीनियर प्रोफेसर माइकल स्ट्रानो ने बताया कि इस पौधे को बनाने के लिए पत्तियों में लूसीफेरस नैनो कण डाले गये हैं। वहीं दूसरे बड़े कण लूसीफेरस और एंजाइम हैं। तो यह लूसीफेरस ही एंजाइम की मदद से वह नीली रोशनी उत्पन्न करता है। इसकी क्षमता को बढ़ाकर इससे 4 से 5 घंटे तक भी रोशनी प्राप्त कर सकते हैं। इसका उपयोग खेती में अँधेरों को रोशन करने में हो सकता है। कारण, वहाँ इसकी जरूरत होती है।"

"तो सर वहाँ यह सब कैसे सम्भव हुआ?"

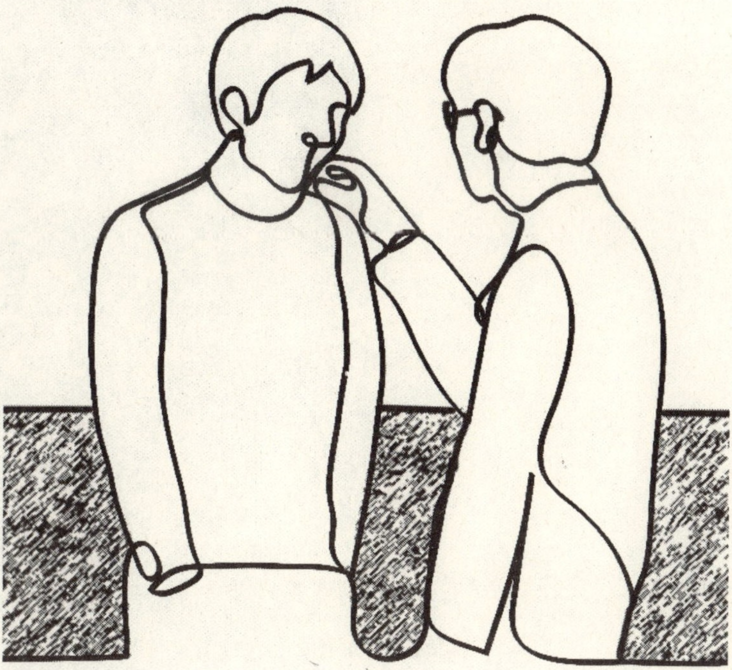

"पक्के यकीन के साथ तो नहीं कह सकता लेकिन अनुमान है कि वहाँ कोई हड्डियों का टाल या मुर्दा रहा होगा।"

"हाँ सर, वहाँ वर्षों तक हड्डियों का टाल हुआ करता था जो अब बन्द हो चुका है।"

"देखा?" शमशेर सर ने कहा, "शुकर मनाओ माइकल स्ट्रानो जैसे वैज्ञानिकों का जिन्होंने इसका पता लगाया और ऐसे हर अँधेरे को रौशन किया। और अंशुल, तुम्हें मेरी बात पर अब यकीन आया?"

"आया सर!"

वह दहशत का अजीब माहौल था। माँ ने सिसकते हुए बताया कि नीचे खदान में आग लग गई है। मेरे पिता, काका और चचेरे भाई भी अब शायद कभी न लौट पाएँ।

शाम तक पता चला कि नीचे जो मरे वे तो मरे ही, दसेक जन तो ऊपर जलकर मरे, तीन औरतें और दो बच्चे पोखर में डूबकर, कुछ की मौत सांक्तोड़िया के अस्पताल में हुई।

हमारी समझ में यह नहीं आ रहा था कि आग तो नीचे खदान में लगी थी, फिर ऊपर कैसे आ गई आठ सौ फीट पार कर! हम सभी को विश्वास था कि कोई-न-कोई चमत्कार होगा, हमारे अपने अवश्य बच जाएँगे।

रोज-रोज नये-नये किस्से और तरह-तरह की अफवाहें सुनने को मिलतीं। पूरी कोलियरी का क्षेत्र लोगों से भर गया। लंगरखाने खुल गए, पर रुलाई एक पल को न थमती। दामोदर नद से पम्प द्वारा पानी ला-लाकर खदान की आग बुझाई गई। लेकिन कई दिनों के बाद भी अन्दर भाप की गर्मी जाने का नाम नहीं ले रही थी। लगातार एग्जास्ट फैन चल रहे थे। चाणक के अन्दर सारा कुछ गल-पिघलकर बर्बाद हो चुका था, सो इन्क्लाइन के जरिये राहत और बचाव दल अन्दर पहुँचा।

चीनाकुड़ी अपने समय के लिहाज से आधुनिक खदान कही जा सकती थी। पर सिर्फ उत्पादन के लिहाज से। अन्दर लोहे की पटरियाँ बिछी हुई थीं जिन पर लोहे के पहिएदार टब थे। इन टबों को एक आधुनिक डीजल इंजन खींचकर चाणक के मुहाने तक

लाता, जहाँ से मोटे-मोटे लोहे के रस्सों से ऊपर खींच लिया जाता।

खदान के अन्दर मीथेन और कार्बन मोनोक्साइड जैसी जहरीली गैसें भरी होती हैं, जिनकी नियमित जाँच होती रहती है। एक छोटी सी चिनगारी भी आग भड़का सकती है। इसलिए एग्जास्ट फैन दूषित हवा बाहर निकालता रहता है और ताजा शुद्ध हवा अन्दर भेजी जाती रहती है। पर अन्दर के सारे खदानिए और कर्मचारी अपनी जान गँवा बैठे थे। सो यह पता लगना मुश्किल था कि इतनी सावधानियों के बावजूद आग लगी कैसे और लगी तो इतनी भयंकर कि खदान ही ज्वालामुखी बनकर आग फुफकारने लगी।

ऐसा तो कभी नहीं हुआ कि खदान के अन्दर का पिघला लौहपिंड बाहर आकर पूरी बस्ती को ही जला डाले! जिस दलान में हम सोए थे, वह तो जला ही, घर तो जले ही, आसपास के पेड़ भी झुलस गए, झाड़ियाँ भी जल गईं और जिस पोखर में माँ जैसों ने कूदकर जानें बचाई थीं, उसका पानी भी अत्यन्त गर्म हो गया था। मौत अन्दर भी थी, बाहर भी, चारों ओर थी वह मेरे जीवन में मौत से पहला साक्षात्कार था। आज सोचता हूँ तो मौत से ही नहीं वह जीवन से भी पहला साक्षात्कार था। वह जीवन था माँ का होना। माँ न सिर्फ अपने गर्भ में हमें जीवन देती है बल्कि जन्म

के बाद भी रक्षा करती है। प्रत्यक्ष भी, परोक्ष भी, उसका स्नेह, उसकी दुआएँ रक्षा-कवच की तरह हमें घेरे रहती हैं।

बड़ी-बड़ी बैटरी वाली टॉर्चें और फ्लैश संयंत्र आए। मास्क पहनकर बचाव और वैज्ञानिकों के दल ने खदान में प्रवेश करके देखा कि अन्दर भयानक टूट-फूट हुई थी। बाहर ले जाने वाला पिंजरा आग से गल गया था। खूँटे-खम्भे जल चुके थे। छतों को सँभाल-सँभालकर नये सपोर्ट लगाए गए थे। रेल की पटरी पर इंजन बहुत दूर चला गया था। वह भी बिना ड्राइवर के। डेवी सेफ्टी लैम्प के जिन लैम्पों से मीथेन गैस की माप होती है, उनकी जालियाँ टूटी हुई थीं। ऐसा लग रहा था, लोग डरकर भागे थे। उस हड़बोंग का इस अग्निकांड से जरूर कोई-न-कोई प्रत्यक्ष या परोक्ष सम्बन्ध था। आखिर वह चीज क्या थी जिसने खदानियों को डरकर भागने पर मजबूर किया।

बहुत दिनों के मन्थन के बाद वैज्ञानिकों ने यह निष्कर्ष निकाला कि खदान के अन्दर की मीथेन और अन्य ज्वलनशील गैसों ने बन्द रेल के इंजन में ईंधन का काम किया और टूटी जाली वाले लैम्पों से मिली आग से इंजन स्वतः चल पड़ा। खदानियों ने इंजन के अपने-आप चल पड़ने को प्रेतलीला समझा और भागने लगे।

आग को ईंधन मिलता रहा। आग फैलती गई। अन्दर की अपनी विनाशलीला में सब कुछ जलाती-गलाती, ज्वालामुखी की तरह ऊपर भी फैलती गई। जहाँ भी उसे बाहर निकलने का निकास मिला, निकल पड़ी। जिस कूप से पिंजरा नीचे-ऊपर जाता था, सबसे

सरल निकास वहीं मिला, जहाँ से वह फुफकार मारती निकल पड़ी।

बांग्ला के महान नाट्यकार उत्पल दत्त ने सुना इस पर एक नाटक लिखा था—'अंगार'!

माना कि आग ज्वलनशील गैसों के चलते लगी थी, मगर सुरक्षा के लिए जरूरी उपाय और जाँच तो कम्पनी के प्रबन्धन और मालिकों को करनी चाहिए थी। उनकी नजर सिर्फ मुनाफे पर ही क्यों रहीं और लोग...? इतने लापरवाह क्यों होते हैं लोग?

मेरे परिवार के आधे जन उस हादसे के शिकार हो गए। माँ भी कुछ दिन हुए गुजर गईं। पर मेरे अन्दर अभी भी चीत्कारें बजती रहती हैं और एक आग है कि फुफकारती रहती है।

सलाम!

चौदह साल पहले मैं उस बूढ़े आदमी से मिला था। गाँव के लिए वह एक अजूबा था। उसने बताया कि वह यमलोक रिटर्न है। "कब गए थे यमलोक कब लौटे?" मैंने पूछा था।

"उन्नीस सौ छप्पन में दुर्गा पूजा के विसर्जन के बाद गया था। बीस दिन बाद लौट आया।" उसने मिचमिचाती आँखों से मुझे देखा।

"काले गए थे, गोरे होकर लौटे थे।" एक दूसरे बूढ़े ने मजाक

किया, "यह इनका दूसरा जन्म है।"

उसे बूढ़े की कहानी का सच पता करने के लिए खासी छानबीन और मगजमारी करनी पड़ी। जो मिला वह आपके सामने है।

वह सन् 1956 का अक्टूबर का महीना था। किसी कारण वायुमंडल में निम्न दाब बना तो कई दिनों तक पानी बरसता रहता है। उस बार भी वैसा ही हुआ। सात दिनों तक पानी बरसता रहा—14.5 इंच बारिश। आसनसोल शहर से चार मील पश्चिम में एक बड़ी खदान हुआ करती थी—'बड़ा धेमो'। उसके उत्तर में कलकत्ता जाने वाली रेल लाइन थी और दक्षिण में शेरशाह सूरी पथ था (राष्ट्रीय राजमार्ग क्र. 2)। दोनों के बीच नीचा क्षेत्र है जहाँ से एक नाला बहता था। वहाँ एक बड़ी झील बन गई थी। धान के सारे खेत डूब गए थे। बड़ा धेमो खदान में पानी बिलबिलाकर घुसा तो अफरा-तफरी मच गई।

हाजिरी रजिस्टर के हिसाब से अन्दर गए कुछ लोग निकल आए थे, मगर कई अभी भी लापता थे। कोलियरी के पानी को जब तक बन पड़ा पम्प के जरिये बाहर निकाला जाता रहा। बाद में पम्प तक पानी में डूबकर नाकाम हो गए। कोढ़ में खाज यह कि आसनसोल-रानीगंज की खदानों में हड़ताल चल रही थी। पम्प माँगने जहाँ भी गए खाली हाथ लौटना पड़ा। चारों तरफ चीख-पुकार मची हुई थी।

एक-एक पल पहाड़ हुआ जा रहा था। क्या बीत रही होगी खदान में रह गए खदानियों पर! 15 अक्टूबर को 11 खदानिए लौट

आए। संयोगवश उन्हें चढ़ान वाली गैलरी मिल गई थी। उम्मीद जगी कि बाकी भी देर-सबेर लौट आएँगे। मनौतियाँ मानी जाने लगीं।

एक विचित्रता और नजर आई। एक मजदूर खातिर मियाँ के बारे में हड़बड़ी में यह सूचना दी गई कि उनका पता नहीं है। फिर पता चला, अस्पताल में हैं। तब सवाल यह उठा कि वह कौन था जो खातिर मियाँ के नाम से खदान में गया था। छानबीन से पता चला कि खातिर मियाँ की जगह उस दिन उनका भाई खदान में गया था। प्राइवेट कोलियरियों में उन दिनों क्या-क्या नहीं होता था। बारिश बन्द होने पर पानी कम होना शुरू हुआ। पर दुर्घटना के 18-19 दिनों बाद ही खदान में बचाव दल का जा पाना सम्भव हुआ।

रास्ते कचरे, लोहे-लक्कड़ और जहाँ-तहाँ लाशों से अँटे पड़े थे। सात-सात मील लम्बी गैलरी पानी से भरी हुई थी। दो-तीन दिन बाद बचाव दल छह नम्बर के शाफ्ट तक पहुँच सका। टॉर्च और लैम्प की रोशनी में उन्होंने देखा कि पानी छत से एक फुट नीचे है। ऐसे क्षेत्र को एयरपॉकेट कहते हैं। "अरे, कोई है? कोई भाई जिन्दा बचा है?"

"कोई है और कोई भाई जिन्दा बचा है?" की आवाज भुतैली प्रतिध्वनि बनकर सुरंग में गूँजती रही। कोई जवाब नहीं। पर बचाव दल ने उम्मीद न छोड़ी। थोड़ी चढ़ान पर आते ही एक दूसरी तरह की जिन्नाती आवाजें आने लगीं..."हम हैं! हमें बचा लो।" यह मौत के विरुद्ध जिन्दगी की पहली चीख थी।

वे ग्यारह खदानिए थे और थोड़ी ऊँची जगह पर थे। उनके दोनों तरफ डुबान था। पानी बढ़ता रहा घुटने, जाँघें, कमर, सीना, गला एक-एक कर डूबते गए। मौत उनके गले तक सरसरा रही थी। चारों तरफ पानी था और था घुप्प अँधेरा। न दिन का पता था, न रात का। सिर्फ प्रार्थनाएँ थीं और एक-दूसरे को ढाढ़स देती आवाजें। वे खदान का वही पानी पी-पीकर और मेढक, मछली यहाँ तक कि साँप खाकर जिन्दा रहने की जद्दोजहद करते गए।

उन्नीसवें दिन आवाजें सुनाई देने लगीं, "कोई है? कोई जिन्दा बचा है?" साथ ही पानी पर रोशनी चिलकी और उन्होंने बची-खुची ताकत लगाकर जवाब दिया, "हम हैं। हमें बचा लो।"

उन्हें कम्बल या रूई में लपेटकर सावधानी से बाहर निकालकर अस्पताल में भर्ती कराया गया। पानी में रहते हुए उन्हें त्वचा और रक्त संचालन सम्बन्धी कई बीमारियाँ हो गई थीं।

अब जब भी मैं रेल या सड़क से वहाँ से गुजरता हूँ, बड़ा धेमो की वह बन्द पड़ी खदान उस भयानक घटना की समाधि-सी दिखती है। अब वह 'सतइसा' नाम से जानी जाती है। बांग्ला के प्रसिद्ध लेखक शक्तिपद राजगुरु ने उस घटना पर एक उपन्यास 'केउ फेरे नाइ' (कोई वापस नहीं लौटा) लिखा था। सच्चाई यह कि 43 गुम खदानियों में से 11 खदानिए 21 दिन बाद तक जीवित रहे।

मन में कितनी ही जिज्ञासाएँ थीं—"उस अँधेरे और घुटन में कैसे वे इतने दिन तक जिन्दा रहे? मेढक-मछली और साँप को कच्चा खाना, वह भी उस अँधेरे में...कल्पना से परे है। कितनी

बार साँप ने उन्हें काटा होगा, कितनी बार उन्होंने साँप को? उनके कितने साथी साँप के काटने या दूसरे खतरे से मरते गए होंगे? फिर भी उन्होंने डर और मौत के आगे हार नहीं मानी।"

मैं उस आदमी के पास दोबारा जाना चाहता था। उसके साहस और जीने की चाह को सलाम करना चाहता था। पूछना चाहता था, "कहाँ से बटोरी उसने वह ताकत!" मगर वह जा चुका था अन्तिम सफर पर, जिन्दगी की जंग हारकर नहीं,..जीतकर!

पूर्ण कुम्भ की अपूर्ण कथा

लाख-लाख कहानियाँ कही, सुनी और गुनी जाती हैं। कुछ पक्की कुछ कच्ची, कुछ झूठी, कुछ सच्ची। मगर मैं जो कहानी आपको सुनाने जा रहा हूँ, वह झूठी नहीं सच्ची है—सौ फीसदी सच्ची! एक बात और...आपने पुनर्जन्म के बारे में सिर्फ सुना भर होगा, हमने उसे देखा है। है न हैरान कर देने वाली बात! यह कहानी मेरे सीनियर सहकर्मी नन्द कुमार बैनर्जी की है। बांकुड़ा जिले के चिरंजीव ग्राम के नन्द कुमार बैनर्जी!

आप सोच में पड़ गए होंगे, कौन थे ये नन्द कुमार! कोई इतिहास-पुरुष तो नहीं? सच, चिरंजीव ग्राम के इतिहास-पुरुष ही थे नन्द। अब आप पूछेंगे कि इतिहास-पुरुष थे तो कौन सा इतिहास रचा उन्होंने, कौन सी लड़ाई लड़ी, जीती या हारी उन्होंने!

गाँववाले बताएँगे—कुम्भ की लड़ाई!

आप हँस देंगे तो वे आपकी नादानी पर हँसेंगे, "आपको पता है, बारह वर्ष बाद गंगा-यमुना के संगम प्रयाग यानी इलाहाबाद में कुम्भ होता है। कुम्भ नहीं, पूर्ण कुम्भ! उन दिनों संगम में स्नान करने के लिए दूर-दूर से लाखों धर्मप्राण हिन्दू आते थे। अलग-अलग अखाड़ों से लाखों साधु-संन्यासी भी। कहने को ये साधु माया, मोह, ईर्ष्या-द्वेष से दूर होते हैं, परम त्यागी लेकिन वास्तव में ऐसा होता नहीं। इन साधुओं के अलग-अलग गिरोह होते हैं जिन्हें 'अखाड़ा' कहा जाता है।

संगम में कौन पहले स्नान कर पुण्य लाभ करेगा—इस बात को लेकर युद्ध होता है। स्थान और अन्य सुविधाओं के लिए भी सभी गंगा के उत्तर ही रहना चाहते हैं, दक्षिण नहीं। हम बड़े हैं तो हम?

आप ऊबकर कहेंगे, "यह सब हम जानते हैं, इसमें नन्द कुमार की कहानी कहाँ से जुड़ती है।"

गाँववाले बताएँगे, "जुड़ती है। वो ऐसे कि उस बार आजादी मिलने के बाद का पहला महाकुम्भ था और नन्द कुमार भी अपनी पत्नी और गाँववालों के साथ कुम्भ स्नान के लिए गए थे।

महाकुम्भ के प्रथम स्नान का वह दृश्य किसी महायुद्ध से कम न था। कुछ साधु हाथी पर सवार थे, कुछ सिपाही घोड़े पर। फौज, और पुलिस के जवान? इस बीच तब के प्रधानमंत्री, अपने चाचा नेहरू का आगमन हुआ। इधर नागा संन्यासी, उधर हाथी! सबसे ऊपर प्रधानमंत्री। ऐसा हड़बोंग मचा कि मत पूछिए। कितने तो हाथियों से कुचला गए, कितने भगदड़ से कुचला गए। अपनों से बिछड़े लोगों की संख्या का तो हिसाब ही नहीं। चारों तरफ रोना-बिलखना, चीख-पुकार, अफरा-तफरी का आलम। किसी की कुछ समझ में नहीं आ रहा था कि क्या किया जाए।

एक जगह पर जहाँ-तहाँ से घायल और मुर्दे लाकर उलीचे जा रहे थे। सेना वहाँ खड़ी थी स्थिति को सँभालने के लिए। सेना के जवानों ने दो भाग किए थे, घायलों के मलबे के—एक जो मर गए, दूसरे वे जो जिन्दा हैं।

एक जवान दोनों हाथ पकड़ता, दूसरा दोनों पाँव। झुलाते हुए दोनों पूछते—'जिन्दा' या 'मुर्दा?' फिर जो जीवित होता, उसे जिन्दा वालों के बीच फेंकता, जो मर चुका होता, उसे मरे लोगों के बीच।

अपने नन्द कुमार भी उसी मलबे में पड़े हल्के-हल्के "माँ गो! माँ गो!" कहकर कराह रहे थे।

जवानों ने जब उनकी टाँगें और बाँहें झुलाते हुए पूछा, "जिन्दा या मुर्दा?" तो उन्होंने जान लगाकर कहा, "जिन्दा!" तब उनमें से एक लालची सिपाही ने धीरे से कहा, "टेंट में जो कुछ भी है निकाल दे, नहीं तो 'मुर्दा' वाले ढेर में फेंक देंगे।"

"हाथ तो आपने पकड़ रखे हैं।" नन्द कुमार मिमियाए।

नन्द कुमार को जिन्दा और मुर्दा के बीच रख दिया—"निकाल पैसे।"

नन्द कुमार ने छूटते ही गुहार मचाई, "माँ काली की कसम मैं जिन्दा हूँ, मेरे गाँववाले बिछड़ गए हैं, पत्नी भी, पैसे नहीं हैं मेरे पास।"

"तब हम तुम्हें मुर्दे वाले ढेर में फेंक देते हैं," जवानों ने

कहते हुए उन्हें दोबारा उठाना चाहा कि उन्होंने गिड़गिड़ाकर कहा, "ये सिर्फ दस रुपए हैं—सिर्फ दस रुपए। मेरा खर्चा...!" जवानों ने दस रुपए लेकर उन्हें जिन्दा बना दिया।

नन्द कुमार को सिपाहियों ने जिन्दा की सनद देकर छोड़ तो दिया लेकिन गाँववालों के लिए वे मर चुके थे। इस निष्कर्ष पर आने के पहले उन्होंने नन्द कुमार को तलाशने में कोई तो कोर-कसर नहीं रखी। कैम्प-कैम्प, थाना-थाना, टेंट-टेंट, हाकिम-हुक्काम कहाँ नहीं! महीने-भर तक इन्तजार भी किया कि भूले-भटके रात-विरात जिन्दा होंगे तो आ जाएँगे। जब नहीं आए तो उनका अन्तिम संस्कार कर दिया गया।

तीसरे महीने आधी रात को अचानक चिरंजीव ग्राम के कुत्ते भौंकने लगे और इसके साथ ही नन्द कुमार के घर के बन्द दरवाजे पर दस्तक हुई।

"के?" अन्दर से नन्द कुमार के बाप ने पूछा।

"आमी नन्दो (मैं नन्द)!"

फिर तो जो हुआ वह अजीब ही था।

दरवाजा खुलते ही भूत समझकर पत्नी, माँ और दूसरे लोग भाग चले। वे जिधर भी जाते भगदड़ मच जाती। बड़ी मुश्किल से वे अपने खानदान, और पूरे गाँव का परिचय और अपनी आपबीती बताकर गाँव के लोगों और अपने परिवार को यकीन दिला सके कि वे नन्द कुमार बैनर्जी ही हैं।

लोगों ने लालटेन और टॉर्च की रोशनी में देखा कि भीड़ में

कुचले जाकर बदन त्रिभंगी हो गया था, जो कभी ठीक न हो पाया, लेकिन थे वे नन्द कुमार ही।

पत्नी ने आँखों में आँसू भरकर कहा, "तुमने यहाँ आकर मुझे विधवा और कुलक्षिणी होने से बचा लिया। तुम्हारा लाख-लाख धन्यवाद!"

काली-मन्दिर के सामने के जिस चबूतरे पर उनका श्राद्ध-भोज हुआ था, उसी पर उनके पुनर्जन्म का भोज सम्पन्न हुआ। कई-कई गाँव के लोग आए हुए थे उन्हें देखने और पुनर्जन्म का भोज खाने। पिछले महीने ही नन्द कुमार की वास्तविक मृत्यु हुई।

मैं उनके घर गया। उनकी वृद्धा पत्नी से इधर-उधर की बातें होती रहीं। जो सबसे ताज्जुब की बात बताकर उन्होंने मुझे चौंका दिया वह थी—

"हालाँकि अपने इसी टेढ़े-मेढ़े, दबे-पिचके पति से मेरे तीन बेटे, दो बेटियाँ हुईं, मगर मुझे आज तक यकीन नहीं रहा कि मैं पति के साथ रह रही थी, या पति के भूत के साथ!"

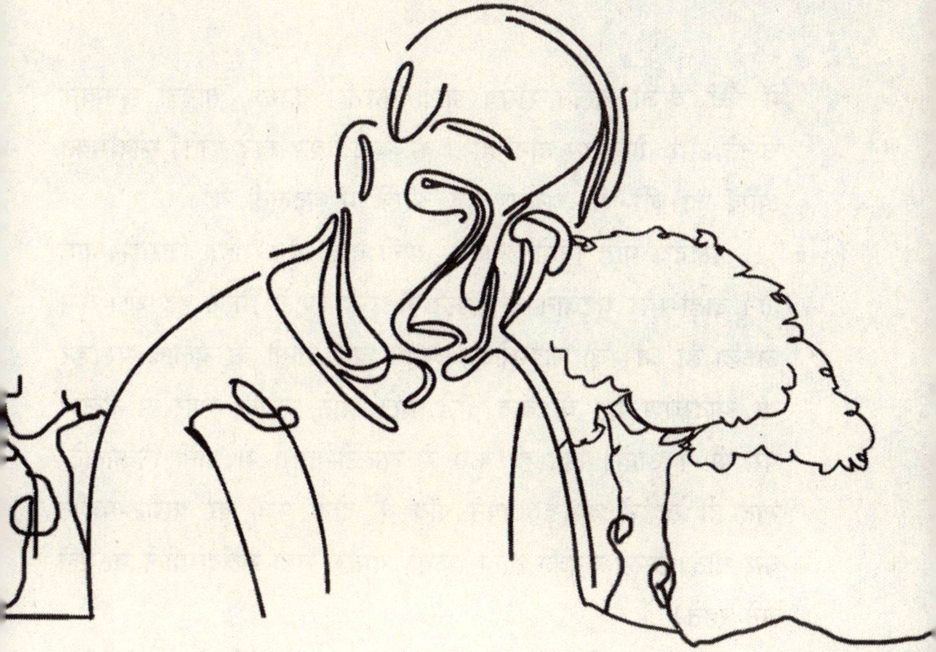

अपसगुनी

नाम तो अनेक थे उनके, कुछ संज्ञा, कुछ सर्वनाम, कुछ विशेषण, पर हम उन्हें अक्सर 'भीम' कहते। यह नाम उनकी भीमकाय काया के चलते उन्हें प्राप्त हुआ था। वैसे कागजातों में जो नाम दर्ज है, वह है सहदेव पाँडे। लम्बी-चौड़ी भारी-भरकम काया। गन्दुमी रंग। बुढ़ापे की ओर बढ़ती उम्र के कारण ढीले झूलते चाम। जाड़ों को छोड़कर अक्सर नंगे बदन रहते और इस नंगे बदन पर झूलते जनेऊ

में बँधी कुंजी चलते समय झूला करती। कारण, तनिक झुककर चलते और गोजी पर दोनों हाथों का बल देकर खड़े होते। स्नेहसिक्त आँखें जो धीरे-धीरे घबराई हुई आँखों में बदलती गईं।

सहदेव पाँडे निमोछिहा थे, यानी दाढ़ी-मूँछ रहित जिससे आए दिन दाढ़ी-मूँछ घुटवाने के झंझट से उन्हें छुट्टी मिली हुई थी। वैसे अच्छा ही था। जो नाई-धोबी, कहार बड़े लोगों के बुलावे पर डर या आदरवश मुँह के बल दौड़े चले आते, उनके प्यार से बुलाने पर भी न आते। खुद ही कुएँ से बाल्टी-गगरा से पानी निकालते, खुद ही रेह से कपड़े अपने पाँव के दोनों पंजों पर पछीट-पछीट कर धोते। इससे उनकी धोती, कुर्ता, गमछा सदा-सर्वदा पीले मटमैले बने रहते।

किसी जमाने में दस रुपयों का एक चमरौधा जूता खरीदा था। वे जब भी झाड़े जाते उसके मकड़जाल को भेदकर तिलचट्टे, गोजर, बिच्छू, मकड़ी आदि नाना प्रकार के जीव-जन्तु निकल भागते। फिर वे बड़े प्यार से अपने बरसों पुराने गमछे से उसे झाड़ते—जूते उनकी एक न सुनते। कुत्ते के कान की तरह ऐंठें-अकड़े रहते। उनका वे रेंडी के तेल से सत्कार करते। इतने प्यार से कोई क्या रखेगा अपने जूतों को! बारात, जलसे-वलसे में गए भी तो फर्लांग-भर से पहले न पहनते। वैसे गाँव के अन्दर वे पौले पर चलते। काठ का यह खड़ाऊँ सुतलियों के सहारे खुद का बनाया हुआ होता। जूते-पौले की इतनी सेवा और पाँव? पाँवों में बिवाई फटी होती जिनसे खून झाँकता। महीने में जिस दिन उनकी बिवाई दागी

जाती, वह बैल के नाल ठोंकने जैसा दहशत भरा कर्म होता। गाँव के कुछ मजबूत लोग उन्हें खाट पर दबाए होते, कुछ सरसों के तेल की जलती बाती से उनकी बिवाई पर जलता तेल टपकाते और तड़पते हुए सहदेव पाँडे के मुँह से फरियाद बरसती—"अरे मोरे बप्पा! आह मोरे राम...!"

किस माई-बप्पा को पुकारते थे सहदेव पाँडे? माँ-बाप तो कब के भगवान के घर जा चुके थे। उनसे छोटा एक भाई था महातम, वह भी। महातम की दो बेटियाँ जानकी और दुलारी और एक बेटा रमाशंकर...एक-एक कर वे भी। सहदेव पाँडे का खुद का ब्याह हुआ न था। सो अपने माटी के घरौंदे में निपट अकेले रह गए थे सहदेव पाँडे।

रमाशंकर जब तक जीवित थे, घर भरा-पूरा बना हुआ था। दोनों बहनें भी आती-जाती रहती थीं। मुझसे पाँच साल बड़े थे रमा, चरवाही के मेरे साथी। बाद में मैं चला गया बंगाल, वे चले गए बम्बई (मुम्बई), वहीं ट्रेन-एक्सीडेंट में जान गँवा बैठे। धीरे-धीरे सब चले गए। रह गए थोड़े से खेत, माटी का घर और चन्द आम के पेड़। गाँव में किसी ने भी उनकी सहायता न की—न पानी भरने में, न ईंधन, रसोई-बरतन, झाड़ू-बुहारू में, उलटे सबने उन्हें अपसगुनी मानकर तिरस्कार ही किया।

बज्जर के अपसगुनी माने जाते थे सहदेव पाँडे। लोग कहते, घर-भर को खा गए। अपसगुनी थे, तभी तो देह में हल्दी न लगी, माने, ब्याह न हुआ। उनके पौला की खटखट सुनाई पड़ी नहीं

कि लोग आतंकित हो उठते। छोटे बच्चों को लेकर घर की औरतें घरों, ओसारों में भाग जातीं। गाय-बैल, बछड़ों, भैंस-पँड़वों को यथासम्भव बोरों या गुदड़ी से ढक दिया जाता। पर पेड़ों के फलों को हम कैसे छुपाते! छप्परों पर लटकते कुम्हड़े और लौकियों को कहाँ ले जाते! खेतों की फसलों को कैसे ढकते!

वे जितने ही प्यार और दुलार से बोलते, हम उतने ही आशंकित होते जाते, मन ही मन मनाते कि वे जल्दी जाएँ। उनके आगे कोई भी दिठौना, टोना-टोटका काम न आता। मेरे घर के खपड़ैल पर उस बार लौकी फली थी। आकर सोंटे पर दोनों हाथ जमाकर खड़े हुए, "बोले, वाह! लौकी हो तो ऐसी! कहाँ से बीया ले आए थे। अगले साल बीया हमें भी देना।" बस क्या था रात को कोई गाय-भैंस, नीलगाय आई या साँड़-वाँड़, सुबह लौकी की लता साफ हो गई। हमारी माई ने हवा को सुनाते हुए कितनी गालियाँ दी होंगी पाँडे को। सबने माना कि यह उनकी प्रशंसा का कमाल था। यही हाल पड़ोसी की गदराई मटर का हुआ। नजरा गई। कोढ़ में खाज यह कि उनका फोता (हाइड्रोसील) बुरी तरह बढ़ गया था। गाँव में जिस किसी को मन सोंधा करना होता, वह सहदेव पाँडे के फोते का प्रसंग ले आता—उपमा, बिम्ब, प्रतीक या किसी और रूप में। पूरे इलाके में घृणा का पर्याय बन गया पाँडे का फोता। बड़े तो बड़े, छोटे लड़के तक मजे लेते। मैं स्वयं इन शेखचिल्लियों में शामिल होता। अब लोग इतने ढीठ हो गए थे कि उनके मुँह पर फब्तियाँ कसते। गाँव के कुत्तों को छोड़कर कोई उनका संगी-साथी न था।

वैसे कुछ मोर, महोख, गौरैया, कौवे, गिलहरियाँ और कभी-कभार बन्दर आदि उनके मेहमान बने रहते। गिलहरियाँ तो उनके पाँवों तक पर चढ़ जातीं। अच्छा हुआ बंगाल आकर मैं जल्द ही इस निन्दक मंडली से बाहर निकल आया।

रमाशंकर के मरने के साथ और भी अकेले होते गए थे भीम। अब भोज-भात में भी आना-जाना छूट गया। वैसे भी गाँव में उनसे कोई बात न करता। खेत अधिया पर थे। अपने आम के पेड़ों के नीचे अकेले-अकेले बैठे रहते या फिर अपने भुतहे घर में। एक पेड़ 'खाते' (बड़े गड्ढे) के किनारे था। जिसका आम बहुत मीठा होता था। लोग इस फेरे में रहते कि कब वे हटें कि ढेले से तोड़ लें। जिस आम के प्रति इतने लालायित रहते, वही आम जब उन्होंने खुद अपने हाथ से एक छोटे बच्चे को देना चाहा, तो आम को छीनकर फेंक दिया उसकी माँ ने और बच्चे को पीटती-घसीटती हुई घर ले गई। यह मेरे सामने की घटना थी। मैं गाँव में कदम ही रख रहा था कि सन्न रह गया। मैंने पाँडे को प्रणाम किया, उन्होंने कोई जवाब न दिया। बुरा लगा। घर आकर माँ से पूछा तो नये रहस्य का पता चला। वह यह कि पाँडे को न अब पूरी तरह दिखाई पड़ता है, न सुनाई।

दोपहर को उनके घर गया तो दूर से ही जाँत पीसने की आवाज आ रही थी। अन्दर झाँका तो देखा सहदेव पाँडे स्वयं ही जाँत पर जौ पीस रहे थे (उन दिनों गेहूँ आम प्रचलन में नहीं था), थोड़ी देर तक मैं खड़ा रहा फिर बिना कुछ कहे लौट आया।

मन की कसक को माँ के सामने रखा, "गाँव में इतनी औरतें हैं, इतने लोग, क्या वे एक अकेले पड़े बूढ़े, लाचार आदमी के लिए इतना भी नहीं कर सकते? झाड़ू-बुहारू, साफ-सफाई, ईंधन पानी...वैसे तो मुस्टंडे बाभनों को मउनी भर-भरकर दान देंगे और यहाँ...!"

"तुम कहते तो ठीक हो, पर चूल्हा-चौका, पानी-धानी, बरतन-वरतन तो हम कर दें, पिसान सान दें, ईंधन बार दें पर आगे तो उन्हें ही करना पड़ेगा। हमारा छुआ तो खाएँगे नहीं। वो तो बाभनों को ही करना पड़ेगा।"

"और उनके पट्टीदार क्या करते हैं, मर जाने पर उनकी जमीन-जायदाद वही तो लेंगे?"

"वे तो चाहते ही हैं कि जल्दी मरें कि सब कुछ उनका हो जाए। सेवा-सत्कार कर उनकी उम्र क्यों बढ़ाएँ?"

पता नहीं, मेरी माँ व अन्य ने उनकी कोई सेवा की या नहीं, पर वे मरे नहीं, अपने दुर्भाग्य को ढोते रहे। फिर वही गर्मियों के दिन थे और मैंने उन्हें एक झिलंगी खाट पर आम के पेड़ के नीचे लेटा पाया।

मैंने उन्हें प्रणाम किया और खाट के पायताने खड़ा हो गया। "जीयो बच्चा।" आश्चर्य से वे मुझे देख रहे थे, सुन रहे थे। मैंने कहा, "हमने तो सुना था आपको न सुनाई पड़ता है, न दिखाई।"

"बैठो।"

मैं झिझक रहा था। बोले, "अरे बैठो न, नजर नहीं लगेगी।"

"नहीं, मैंने सोचा खटिया कमजोर है।"

"इतनी भी कमजोर नहीं बच्चा। जब मुझ जैसे अभागे का भार सह सकती है तो तुम क्या हो?" मैं पायताने बैठ गया तो जरा ठहरकर बोले, "सुनाई भी पड़ता है, दिखाई भी पड़ता है बच्चा। अब क्या करूँ, जब अपसगुनी नाम धरा ही गया तो अन्धा-बहरा बन जाना पड़ता है। मेरी तो बोलती भी बन्द हो गई है। गूँगा! प्रात लेइ जो नाम हमारा, निशि दिन ताहि न मिले अहारा।"

मेरे सिर पर झन्न-सा बजा। वे रसा-रसाकर बोलते गए, "कुछ अच्छा लगा, बखान दिया तो अपसगुन हो गया, सामने पड़ गया तो यात्रा–भंग, देख लिया तो नजर लग गई। जो भी गलत हुआ हमारे कारण। मेरा बियाह न हुआ, सो भी अपसगुन। एक-एक कर परिवार के लोग मरते गए, सो हमरे कारण। इतना ही महाबली होता तो रोक न लेता इतने दुर्भाग्यों को?"

"सौ-सौ धिक्कार बरस रहे थे मुझ पर। हम बहुत कुछ कर सकते थे उनके लिए पर हम तो उनकी दुर्दशा पर तनिक भी न पसीजे। उलटे उन्हें कलंकित करते रहे।"

उठकर खड़ा हो गया मैं, "जो किया, कहा, उसे माफ करें। आज के दिन मैं प्रायश्चित्त करना चाहता हूँ मगर सूझ नहीं रहा है, कैसे।"

कुछ नहीं कहा पाँडे ने, कुछ भी नहीं। मुझे ही बोलना पड़ा, "क्या मैं आपके फोते की दवा करा दूँ?"

फिर भी बोले नहीं। क्या रो रहे थे? क्या पता!

सहदेव पाँडे का इलाज मैं चाहकर भी न करा सका। उन्हें हाइड्रोसील के साथ फाइलेरिया भी था। गाँव के झोलाछाप डॉक्टरों के वश का रोग नहीं था यह और बनारस या लखनऊ का इलाज करा पाने की अपनी कुव्वत न थी। लौटते समय अपनी असफलता के लिए क्षमा माँगने गया तो बोले, "भाग्य में यही बदा था बच्चा तो भोगेगा कौन?"

सहदेव पाँडे अब नहीं हैं। दो महीने पहले ही उनके अपने घर के एकान्त में उनका देहान्त हुआ। उनके मरने के दो दिन बाद गाँववालों को पता चला। चार कन्धे भी नसीब न हुए उन्हें घाट तक पहुँचाने को। गाड़ा (गड्डा) पर लादकर ले जाया गया उन्हें। अब तक उनकी देखभाल करने वाला कोई न था पर उनके मरते ही जाने कहाँ-कहाँ से उनकी जमीन और बाग के दावेदार निकल आए।

रात अचानक नींद खुल गई। लगा खटखट पौला खटकाते सहदेव पाँडे आकर खड़े हो गए हैं खाट के पास। गोजी पर दोनों हाथों से पूरे बदन का बोझ डालकर पूछ रहे हैं—"अब न गाँव में कोई निरबंसिया होगा, न किसी को नजर लगेगी, न किसी की लौकी सूखेगी, न कटहल, न कोई अमंगल होगा, न कोई अपसगुन। अपने सारे अपसगुन, अपने सारे रोग-दोख, सारे अमंगल, अभाग और कलंक लेकर मैं चला आया न!"

हमें दया नहीं, स्वावलम्बन चाहिए

नेत्रहीनता पर विजय पाना इनसान के लिए एक बड़ी चुनौती रहा है। नेत्र के बिना व्यक्ति मानो एक अँधेरे में फँस गया होता है। इस कमी पर विजय पाने का अतिक्रमण जिन साधनों ने किया, उनमें अन्यतम रही है ब्रेल लिपि, जिसके आविष्कारक ब्रेल नामक नेत्रहीन हैं, जिनकी ब्रेल लिपि का आविष्कार करोड़ों दृष्टिबाधितों के लिए एक वरदान से कम नहीं है।

लुई ब्रेल (1809-1852) का जन्म फ्रांस के कुप्रे नामक एक छोटे से ग्राम में हुआ था। पिता साइमन रिले पेरिस में शाही घोड़ों के लिए काठी और जीन बनाने का काम करते थे। आय कम और सहायक कोई नहीं। लाचार पिता ने अपने तीन साल के बेटे लुई ब्रेल को अपने साथ दुकान पर रख लिया। दुकान में लुई के इर्द-गिर्द फैला रहता लोहा-लक्कड़, काठ, लकड़ी व रस्सी आदि। वही नन्हे लुई के खिलौने थे। जिज्ञासु और नटखट लुई! एक दिन एक सूजा छिटककर लुई की एक आँख में जा लगा। खून बहने लगा। असह्य दर्द! रोता हुआ लुई घर पहुँचा। माँ-बाप ने चोट को मामूली समझकर एक दवा लगाकर मरहम-पट्टी कर दी। फायदे की कौन कहे, एक आँख का इन्फेक्शन दूसरी आँख में भी फैल गया। इस तरह बचपन में ही लुई ने अपनी दोनों आँखें गँवा दीं। फिर फ्रांस के प्रसिद्ध पादरी वैलेंटाइन की शरण में जा पहुँचा लुई। उन्होंने उसे रॉयल इंस्टीट्यूट फॉर ब्लाइंडनेस ऑफ चिल्ड्रेन में दाखिला दिलवा दिया। उन्हीं दिनों नेपोलियन की शाही सेना के रिटायर्ड ऑफिसर कैप्टन चार्ल्स बार्बर उस ब्लाइंड स्कूल का दौरा करने आए। वहाँ उन्होंने बच्चों से बात की। उनसे पूछा, 'तुम्हें कोई प्रॉब्लम तो नहीं है बच्चो!' अपनी बारी आने पर लुई ने विनम्रतापूर्वक निवेदन किया, 'सर, रात को आप लोग अँधेरे में कैसे देखते हैं?' 'शिनाख्त कैसे कर पाते हैं?' कैप्टन ने बताया, 'अक्षरों के संकेतों को कूट लिपि से समझते हैं।' अन्धता को डॉट के जरिये समझते हैं या रस्से की

गाँठों से—पहली गाँठ, दूसरी गाँठ जैसा कुछ, मोम के संकेत, मोटी है या पतली—सौ-सौ मीटर को पार करना पड़ता। लुई पूरी तरह सन्तुष्ट नहीं हुआ, उसने अगली बार उस कूट लिपि में कुछ संशोधन के सुझाव दिये। कैप्टन ने सुझाव मान लिया। मगर मित्रों ने नहीं माना, कहा कि कुल मिलाकर यह तो सेना की लिपि ही हुई। आठ वर्षों तक लगातार अपने काम में जूझते रहने के बाद ब्रेल ने इस डॉट लिपि का संशोधन पेश किया। इस लिपि में कुल छह डॉट थे—तीन डॉट एक ओर, तीन डॉट दूसरी ओर—दाएँ-बाएँ कुल छह डॉट! शिक्षाशास्त्रियों और मित्रों ने इसे भी रिजेक्ट कर दिया, अभी भी कमोबेश यह सैन्य लिपि ही है। उपेक्षा और ठंडे सुलूक उसे घेरे रहे और इसी बीच उम्र के 43वें वर्ष में लुई ब्रेल ने अन्तिम साँस ली। इस बीच डॉट पद्धति पर लोगों का काम चलता रहा। एक पर एक वर्ष गुजरते गए। लुई के साथ उसकी ब्रेल लिपि भी उसकी समाधि में दफन रही। अन्धत्व के विरुद्ध अपने-अपने ढंग से संघर्ष चलता रहा।

अन्ततः मौत के सौ साल बाद लोगों ने ब्रेल लिपि को सही माना। वह दिन था 20 जून, 1952। लुई के गृहग्राम कुप्रे में लुई की समाधि के चारों ओर लोग इकट्ठे हुए। लुई के विरुद्ध उसके पूर्वजों द्वारा की गई गलती के प्रति क्षमायाचना के लिए चारों ओर एकत्र भीड़ ने लुई की समाधि से लुई के शव को ससम्मान बाहर निकाला। सेना का बैंड सम्मान में बज रहा था। राष्ट्र ने क्षमायाचना की। बजते बैंड के बीच एक नये कफन में

लुई के शरीर को फिर से लपेटकर समाधिस्थ किया, मानो लुई का पुनर्जन्म हो रहा हो। सेना के आला अफसर सलामी दे रहे थे। उपस्थित विशिष्टजन उससे क्षमायाचना कर रहे थे। सिर्फ फ्रांस ही नहीं, अन्य देश भी। स्वयं अपने देश ने भी उनके सम्मान में डाक टिकट जारी किया। मृत्यु के सौ वर्षों बाद यह लुई का ससम्मान पुनर्जन्म था।

अपना देश होता तो क्या होता? क्या फ्रांस की तरह इतने बड़े सम्मान का पात्र समझा जाता? याद किया भी जाता तो कैसे? उपेक्षा की काली चादर ग्रस लेती उस महान अन्वेषक को! लुई ब्रेल जैसों की लड़ाई का फैसला आने में सौ सदियाँ लग जाती हैं। सदियाँ लग जाती हैं लुई ब्रेल से क्षमा माँगने में। आज विश्व का प्राय: हर देश ब्रेल लिपि का प्रयोग करता है। बांग्लादेश और श्रीलंका भी धार्मिक भावना से ऊपर उठकर लुई ब्रेल और उसकी ब्रेल लिपि को प्रमाणित करते हैं।

हमने जब दृष्टिबाधित मित्र शैलेन्द्र जुआन से इस सन्दर्भ में कुछ जानना चाहा तो शैलेन्द्र ने हँसते हुए बताया कि आज भी दृष्टिहीनता के प्रति हमारा भारतीय समाज पूर्वग्रह से मुक्त नहीं हो पाया है। अमूमन एक आम धारणा है कि ऐसे लोग गायन में ही निष्णात होते हैं। इन्हें म्यूजिक ही ज्यादातर सिखाया जाता है। हमें तो छोड़िए, प्रेमचन्द जी भी 'रंगभूमि' में 'सूरदास' के प्रति यही रवैया अपनाते हैं। ब्रेल के आविष्कार के प्रति भी यही धारणा रही। उन्हें म्यूजिक की शिक्षा दी गई। वे पियानो बजाते थे। उन्हीं दिनों लिखी संगीत सहायक की पुस्तक।

लेकिन बचपन से ही सोचा करते थे—जीवन के स्वावलम्बन के बारे में। तभी उन्होंने स्कूल में कैप्टन से सवाल किया था—'सर आप अँधेरे में अपने सिपाहियों से कम्युनिकेट कैसे करते हैं?' यह आत्मनिर्भरता से जुड़ा सवाल था।

ब्रेल सभी लिपियों की रानी है। अब तो ब्रेल को कंप्यूटर से

कम समय में लिखा जा सकता है। इसमें बाएँ से दाएँ लिखा जाता है और दाएँ से बाएँ पढ़ा जाता है। मात्रा नहीं होती। पर शैलेन्द्र ने यह भी कहा कि राह अभी भी मुश्किलों भरी है।

मृत्यु के विरुद्ध

ईश्वरचन्द्र विद्यासागर से जुड़ी अनेक किंवदन्तियाँ हैं। पर हम जो कथा सुनाने जा रहे हैं, वह किंवदन्ती नहीं सत्य है...सौ फीसदी सच! ममियों से जुड़े एक शोध की रपट तैयार करने के दौरान यह कथा मुझे मिली थी। आप कहोगे, कहाँ मिस्त्र की ममी, कहाँ भारत के ईश्वरचन्द्र विद्यासागर—कोई तुक-ताल नहीं मिलता। मैं कहूँ, मिलता है। पहले आप कथा को तो देखिए।

घटना का केन्द्र है 'इंडियन म्यूजियम', कोलकाता। आज के 'कोलकाता' और तब के 'कलकत्ता' जाने वाले हर शख्स के लिए एक बड़ा आकर्षण हुआ करता था और है 'इंडियन म्यूजियम', जिसे कुछ लोग 'जादूघर' भी कहते। दुनिया-भर से बीनी-बटोरी तरह-तरह की पुरानी चीजें संग्रह की गई हैं उस जादूघर में। पर उस जादूघर का सबसे बड़ा जादू तो वहाँ की 'ममी' थी। जिसने 'ममी' नहीं देखी तो उसने क्या देखा! पहले सिर्फ इतना भर बताया जाता कि दक्षिणी कमरे में रखी हुई यह काली भूतनी-सी 'ममी' मिस्त्र से आई है। पर इसके आगे कुछ नहीं! कौन होगा, राजा, रानी, योद्धा, मजदूर या और कोई जिसकी 'ममी' है वह। उसके जीवन से जुड़े बाकी रहस्यों का पता रेडियोग्राफिक परीक्षणों से होना था जिसकी रपट मुझे तैयार करनी थी।

पर 'अँधेर नगरी' ख्यात भारतेन्दु हरिश्चन्द्र जब यहाँ आए थे, उनके साथ ऐसी कोई बन्दिश न थी, बस एक सहज आकर्षण था 'ममी' देखने का, सो अपने वरिष्ठ मित्र ईश्वरचन्द्र विद्यासागर से मिलने आए तो 'ममी' देखने की इच्छा प्रकट की। ईश्वरचन्द्र उन्हें म्यूजियम लिवा गए। सदर गेट पर लिखा था, "भारतीय यहाँ अपने जूते उतार दें।'

उत्कंठा के मारे हरिश्चन्द्र ने पढ़ा और जूते उतारकर अन्दर दाखिल हो लिये, चूँकि ईश्वरचन्द्र अभी पीछे थे, सो सामने ही लाखों वर्षों के जीवाश्म और विशालकाय हाथी और डायनासोर के अस्थि-कंकाल देखने लगे।

अब आए गेट पर ईश्वरचन्द्र। धड़धड़ाते हुए अन्दर घुसे जा रहे थे कि द्वारपाल ने सूचनापट की ओर इशारा करते हुए उन्हें जूते उतार देने को कहा। पूछा, "क्यों?" तो जवाब मिला, "यहाँ आत्माएँ रहती हैं, उन्हें कष्ट होता है।"

ईश्वरचन्द्र ने देखा कि अंग्रेज और अन्य यूरोपियन बिन जूते-सैंडिल उतारे अन्दर जा रहे थे। द्वारपाल से पूछा, "क्या आत्माओं को भारतीय जूतों से ही अपमान और कष्ट होता है, अंग्रेजों के जूतों से नहीं?"

"ऐसा ही नियम है।"

"मैं जाऊँगा तो अंग्रेजों-यूरोपियनों की तरह जूते सहित, वरना नहीं।"

"तब आप नहीं जा सकते।"

ईश्वरचन्द्र ने वहीं से पुकारा, "हरिश्चन्द्र! ओ हरिश्चन्द्र!"

"जी!"

"बाहर आकर जूते पहन लो।"

सहमे-सहमे हरिश्चन्द्र ने लौटकर जूते पहने। ईश्वरचन्द्र ने कहा, "लौट चलो, हमें जातीय अपमान सहकर ममी नहीं देखनी।"

ईश्वरचन्द्र विद्यासागर बहुत ही सम्मानित व्यक्ति थे। इस खबर को कानोकान फैलते देर न लगी। 'युगान्तर' जैसा प्रमुख बांग्ला समाचार-पत्र सामने आया, फिर तो समूचे बंगाल को गोलबन्द होते देर न लगी। जिधर देखिए, उधर वही चर्चा। अखबार इसी राष्ट्रीय अपमान के मुद्दे से भरे रहते। ब्रिटिश सरकार ने विद्यासागर

से अनुरोध किया कि आप चाहें तो जूते पहनकर ही जाएँ। मगर विद्यासागर ने नकार दिया। कहा, "या तो प्रत्येक भारतीय जूते पहनकर जाएगा, वरना कोई नहीं। यह आत्मा-वात्मा का प्रपंच फैलाकर हमें तुम मूर्ख नहीं बना सकते।"

ब्रिटिश सरकार के लिए यह प्रतिष्ठा का प्रश्न बन गया। न उगलते बन रहा था, न निगलते।

ऐसे में एक दिन सुबह-सुबह ईश्वरचन्द्र ने देखा, उनके घर के बाहर किसी विशिष्ट व्यक्ति के आगमन जैसा शोर हो रहा है, अफरा-तफरी मची है। बाहर निकलकर देखा तो स्वामी रामकृष्ण परमहंस। यह सबको मालूम था कि स्वामी जी घोर आस्तिक हैं और ईश्वरचन्द्र विद्यासागर घोर नास्तिक! प्रणाम-पाती के बाद बोले, "स्वामी जी, सुबह-सुबह मुझ जैसे नास्तिक के यहाँ आप जैसे आस्तिक के आगमन पर मैं हैरान हूँ।"

स्वामी जी ने कहा, "ईश्वरचन्द्र तुम नास्तिक हो तो क्या है, तुम विद्या के सागर हो। जातीय स्वाभिमान के निमित्त तुमने संघर्ष का अभियान छेड़ा है, मैं उसका समर्थन करने आया हूँ।"

हैरान हो गए विद्यासागर। विनत हो गए विद्यासागर। सादर विदा किया स्वामी रामकृष्ण परमहंस को।

प्रबल जनाक्रोश के आगे झुकना पड़ा ब्रिटिश सरकार को। ईश्वरचन्द्र विद्यासागर से क्षमा माँगते हुए 'ममी से जुड़ी' भारतीय म्यूजियम की वह निषेधाज्ञा निरस्त कर दी।

ईश्वरचन्द्र विद्यासागर ने स्त्रियों की शिक्षा और विधवाओं के

पुनर्विवाह के लिए अनेक कार्य किए। विधवाओं के पुनर्विवाह का शुभारम्भ खुद अपने घर से, अपने भतीजे के मार्फत किया। प्रोत्साहन के लिए बाद के दिनों में पैसे भी देने लगे। लेकिन सदियों से अन्ध जड़ता के मारे लोग! उनका प्रयास सफल न हो सका। लाख समझाने-बुझाने, पैसे देने पर भी लोग जस के तस। आखिर क्षुब्ध होकर कलकत्ता छोड़कर बिहार (अब झारखंड) के देवघर के पास 'करमाटांड़' आकर आदिवासियों के बीच रहने लगे। आते समय उन्होंने कहा था, "यह एक मूर्ख और आत्महन्ता जाति है, ऐसे में इसका उद्धार असम्भव है।"

अब 'करमाटांड़' स्टेशन का नाम 'विद्यासागर' कर दिया गया है। विद्यासागर स्टेशन से जब भी गुजरना होता है, याद आते हैं ईश्वरचन्द्र विद्यासागर, याद आती है ममी से जुड़ी वह घटना। क्या सोचा होगा उस महामानव ने कोलकाता छोड़ते समय—एक ममी को देखने के लिए इतनी उत्कंठा, जिसकी मौत मिस्र के रेगिस्तान में हजारों वर्ष पूर्व हुई होगी और राजनीतिक और सामाजिक गुलामी के रेगिस्तान में भटक रहे या अपने काँच के ताबूत में बन्द जीवित होकर भी मृत मेरे देशवासी—इनमें और उस ममी में कितनी समानता है?

रोशनी का मसीहा

टीचर उसके सवालों से परेशान थे और सहपाठी हलाकान। फकत तीन महीने हुए थे उसे स्कूल में दाखिला लिये हुए मगर तीन ही महीनों में उसने सबकी नाक में दम कर दिया था। पता नहीं, कब कौन सी धुन सवार हो जाए उस पर। अब यह भी सवालों में कोई सवाल हुआ कि "आदमी हवा में क्यों नहीं उड़ सकता?"

यह राइट बन्धुओं के हवाई जहाज के आविष्कार के पहले का समय था।

उसने कइयों से पूछा, ज्यादातर लोगों ने समझा कि उसका दिमाग फिर गया है। उसने स्वयं ही इस प्रश्न का जवाब ढूँढ़ने की कोशिश की, एक दिन उसने देखा कि कुछ चिड़ियाँ मोरी के कीड़ों को चुग रही थीं। उसकी आहट पाते ही वे उड़ गईं। लड़के ने सयाने की तरह सिर हिलाया, "हूँ ऽऽऽ! तो यह बात है। चिड़िया हवा में इसलिए उड़ सकती है कि वह नाली के कीड़े खाती है।" उसने कुछ कीड़े चुनकर एक घोल बनाया और एक लड़के को दिया, "इसे पी जाओ तो तुम्हें एक चमत्कार दिखाऊँ।" वह लड़का पहले तो हिचकिचाया, पर चमत्कार देखने के लालच में घोल पी गया। चमत्कार दिखाने के लिए बालक ने कुछ और बच्चों को बुला लिया था, "अब देखो यह उड़ेगा। उड़ा, उड़ा, उ...!"

पर यह क्या! लड़का तो उड़ने की बजाय उल्टी करने लगा, पूछा, "सच-सच बताओ, तुमने मुझे क्या पिलाया?"

"कीड़ा।"

दुर्घटना हो चुकी थी, सवाल जहाँ का तहाँ खड़ा था।

कक्षा में भी टीचर कुछ पढ़ा रही थीं कि बालक उठ खड़ा हुआ, "मैम!"

"बोलो।"

"आदमी हवा में नहीं उड़ सकता?"

"भला आदमी हवा में कैसे उड़ सकता है? बैठ जाओ।

फालतू की बकवास बन्द करो।"

टीचर ने डाँटकर लड़के को चुप तो करा दिया था, मगर अन्दर ही अन्दर बेहद झल्लाई हुई भी थी। "भला आदमी भी कहीं हवा में उड़ सकता है?" टीचर के दिमाग में यह सवाल उड़ रहा था और बालक के दिमाग में यह सवाल, "क्यों नहीं उड़ सकता?"

तब तक घोल पीकर उल्टी करने वाले बच्चे की खबर स्कूल में फैल गई थी। "हद हो गई। अब और नहीं।" आते समय टीचर ने बालक को एक लिफाफा दिया, "इसे अपनी मॉम को दे देना।"

बालक घर आया। उसने अपनी मॉम को टीचर का लिफाफा पकड़ाया। मॉम ने लिफाफा खोलकर उसके अन्दर का पत्र निकालकर पढ़ा, उनके चेहरे का रंग बदलने लगा, आँखें भर आईं।

"क्यों मॉम क्या लिखा है कागज में?" बालक ने पूछा।

रुक-रुककर रुँधे गले से मॉम ने बताया, "लिखा है, आपका बच्चा बेहद जीनियस (प्रतिभाशाली) है। हमारे विद्यालय में उतने योग्य शिक्षक नहीं हैं अभी। इसे स्कूल न भेजें। घर पर ही पढ़ाएँ।"

थॉमस एल्वा एडिसन—यह था सबकी नाक में दम कर देने वाले उस बालक का नाम।

पिता सैमुएल और माता नैंसी की सात सन्तानों में, सबसे छोटा थॉमस एडिसन, जिसका जन्म अमेरिका के ओहियो प्रान्त में 11 फरवरी, 1847 को हुआ था।

इस प्रकार, मात्र 3 महीने की स्कूली शिक्षा के बाद घर ही हो गया एडिसन का स्कूल, माँ ही हो गईं टीचर। एडिसन को

माँ पढ़ाती रहीं, एडिसन पढ़ता रहा। यह अहसास उस पर हमेशा हावी रहा कि वह एक 'जीनियस' बालक है। एडिसन नौ साल का ही था कि माँ ने उसे केमिस्ट्री की एक पुस्तक लाकर दी जिसमें विज्ञान के कुछ प्रारम्भिक प्रयोग थे। अगले कुछ दिनों में ही एडिसन ने वे सारे प्रयोग घर पर कर डाले। अध्ययन और प्रयोग जारी रहे। पैसे कम पड़े तो एडिसन ने रेलवे टिकट और अखबार बेचने शुरू कर दिये जिससे उसे प्रतिदिन दो डॉलर की कमाई होने लगी। 10 वर्ष की उम्र तक वह घर में अपनी नन्ही प्रयोगशाला स्थापित कर चुका था। बाद में रेल के एक खाली डिब्बे में भी एक प्रयोगशाला शुरू कर दी। गुपचुप प्रयोग चलते रहे। 12 वर्ष का था कि रेल की उसकी प्रयोगशाला में उसका कोई केमिकल गिर पड़ा और वहाँ आग लग गई। कर्मचारियों ने सारा कुछ फेंक-फाक दिया। क्रोध में आकर रेल के सुरक्षाकर्मी ने उसे एक झन्नाटेदार थप्पड़ जड़ दिया। फल यह हुआ कि उसकी श्रवण शक्ति कम हो गई। एडिसन ने इस पर दुखी होने की बजाय प्रसन्नता व्यक्त की—"चलो अच्छा हुआ, मैं बहुत सारी फालतू ध्वनियों को सुनने से बच गया जो मेरी एकाग्रता भंग करती थीं।"

लोग हैरान रह जाते इस सनकी एडिसन की बातों पर, एडिसन की इन ऊटपटाँग हरकतों पर। कभी-कभी माँ भी खीझ उठतीं, परिवार के अन्य सदस्य भी, और इस 'महान जीनियस' की लैब के सामान फेंक-फाक दिये जाते। गालियाँ, फब्तियाँ और धिक्कार बरसते। बरस रहे हैं तो बरसते रहें! उसकी बला से! उसे तो

सुनाई ही नहीं पड़ते! हद थी जुनून की! वह अपने शीशी-बोतल, लोहा-लक्कड़, यंत्र आदि लेकर दूसरी जगह अपनी लैब शुरू कर देता। एडिसन का पहला आविष्कार 'इलेक्ट्रिक वोट रिकॉर्डर' या 'यूनिवर्सल स्टॉक प्रिंटर' था। आज भले उसकी कीमत करोड़ों में हो पर तब उसे मात्र चन्द हजार में ही बेचना पड़ा था। वह अपनी उस चीज पर वैसे भी सन्तुष्ट होकर बैठा नहीं। वह कुछ ऐसी चीजें बनाना चाहता था जिनका मात्र व्यावसायिक उपयोग न हो बल्कि जिसका लाभ सर्वसाधारण को भी मिले। जिज्ञासु एडिसन के सामने ज्ञान का क्षितिज निरन्तर खुलता रहा—प्रतिदिन, प्रतिपल, प्रति मुहूर्त!

कभी-कभी तो चार-चार दिन अपनी लैब में पड़ा रहता—दिन के दिन, रात की रात! आखिर तमाम बाधाओं को पार करते हुए 1876 में वह अपनी निजी प्रयोगशाला स्थापित करने में कामयाब रहा। तब तक माँ हमेशा के लिए जा चुकी थीं, अपने अन्तिम सफर पर।

इधर एडिसन के आविष्कारों की झड़ी लगी हुई थी। विद्युतचालित एक से बढ़कर एक आविष्कार और मशीनें! 1877 में ग्रामोफोन बन गया। फिर आया 1879 का वह प्रतीक्षित दिन—'विद्युत बल्ब' का आविष्कार। इतना तो उसे मालूम था कि अत्यधिक ताप पर तप्त तार प्रकाश देने लगता है, पर ऑक्सीजन के सम्पर्क में आते ही वह भस्मसात हो जाता, कुछ फिलामेंट्स जलकर गल जाते, काँच के पारदर्शी खोल में उसे रखने और करंट पहुँचाने की अपनी समस्या थी। हजारों बार के असफल प्रयोगों के बाद वह उसे बनाने में कामयाब रहा।

और इन्हीं दिनों, एक दिन जब वह अपनी लैब में काम कर रहा था, उसकी नजर अलमारी से गिरे एक लिफाफे पर पड़ी। उसने लिफाफा उठा लिया, "अरे यह तो वही लिफाफा है, जिसे टीचर ने मॉम को दिया था।" उत्सुकतावश लगा देखने, "क्या लिखा है?" पत्र में लिखा था, "आपका बेटा अत्यन्त मन्दबुद्धि है। दूसरे बच्चों पर इसका गलत प्रभाव पड़ेगा। कृपया इसे आइन्दा से स्कूल न भेजें। हम इसे नहीं रख सकते।"

एडिसन का चेहरा असीम वेदना से भर उठा। माँ ने इसके उलट उससे क्या बताया था—"आपका बेटा अत्यन्त जीनियस है।

हमारे यहाँ योग्य शिक्षकों की कमी है। कृपया इसे घर पर ही पढ़ाएँ।" तो माँ ने उस पत्र के जहर को मुझ तक आने ही न दिया उलटे मुझे 'जीनियस' बताकर मेरे मान को थाम लिया। बड़ी देर तक रोता रहा एडिसन। आँसू की हर लड़ी में माँ का चेहरा झिलमिलाता रहा, आँसुओं में घुलते रहे अक्षर।

बाहर उल्लास का शोर था। लोग एडिसन को 'रोशनी का मसीहा' बता रहे थे। 'रोशनी का मसीहा', सच पूछिए तो, मैं नहीं, मेरी माँ थीं जिसने जहर को भी अमृत बनाकर एक मन्दबुद्धि बालक को जीनियस बना दिया, जिसने आत्मा के अँधेरों को उजालों से भर दिया।

एडिसन ने 1,093 आविष्कारों का कीर्तिमान रचा और करोड़ों का प्रेरणास्रोत बना। 84 वर्ष की उम्र में जिस दिन उसने अन्तिम साँस ली, समूचे अमेरिका में रोशनी के इस मसीहा के सम्मान में बत्तियाँ बुझा दी गईं।

मैडम क्यूरी

उन दिनों पोलैंड पर रूस के जार शासकों का शासन था। पोलैंड के स्कूलों में पोलैंड का इतिहास, पोलिश भाषा सब पर प्रतिबन्ध था। ऐसे में एक स्कूल में हठात हड़कम्प मच गया। पता चला, रूसी इंस्पेक्टर आ रहे हैं स्कूल का दौरा करने के लिए।

आनन-फानन में पोलिश भाषा की सभी पुस्तकें छुपा दी गईं। स्कूल का प्रतिनिधित्व करने के लिए मेधावी बच्चों को पहली बेंच पर बैठाया गया।

आठवीं कक्षा। कक्षा की सबसे तेजस्वी बच्ची मारी (मारिया) को पीछे से लाकर पहली बेंच पर बिठाया गया। रूसी इंस्पेक्टर आए तो टीचर ने उसी से कुछ सवाल किए। रूस के शासक कौन हैं? रूस के इतिहास के बारे में क्या जानती हो? इत्यादि-इत्यादि।

मारी ने रूसी भाषा में सारे सवालों—'रूस का इतिहास', 'रूसी शासकों की गरिमा' वगैरह...के सही-सही जवाब दिये। इंस्पेक्टर ने सन्तुष्ट होकर विदा ली। स्कूल में जश्न का माहौल था। इंस्पेक्टर के जाने के बाद लड़के-लड़कियाँ, अध्यापक अपनी-अपनी कक्षाओं से बाहर निकल आए। वे आज बहुत प्रसन्न थे। आठवीं कक्षा की मारी ने स्कूल की नाक बचा ली थी। पर मारी गई कहाँ? उसे जहाँ बैठाया गया था, वहाँ तो वह थी नहीं।

ढूँढ़ने पर पता चला कि आठवीं कक्षा की सबसे पिछली सीट पर एक लड़की टेबल पर सर झुकाकर रो रही है।

वह मारिया थी।

"अरे! तुम रो क्यों रही हो? तुम्हें तो खुश होना चाहिए।"

"आज तुम्हारी वजह से स्कूल की नाक बच गई।"

मारी ने अपना चेहरा ऊपर उठाया। उसके सलोने चेहरे में जड़ी आँखों से आँसू टपक रहे थे और मुँह से दुख में डूबे शब्द—"इसमें खुश होने की क्या बात है? इसलिए कि एक पोलिश लड़की ने अपने प्रभुओं का इतिहास सही-सही बता दिया?"

"हाँ पर तुम रो क्यों रही हो?"

वह सोच रही थी, "क्या उसका कोई इतिहास नहीं, और वह

अपनी भाषा तक नहीं बोल सकती!"

सारी कक्षा और सारा स्कूल जिस बात पर जश्न मना रहा था, उसी बात पर वह उदास थी और रो रही थी। उसके सवाल उसके आँसुओं के साथ टप-टप बरस रहे थे।

तो यह थी 'मारी' या 'मारिया।'

'रेडियम' की खोज करके नाभिकीय भौतिकी और कैंसर-चिकित्सा का पथ प्रशस्त करनेवाली मारी और उनके पति पियरे क्यूरी तथा हेनरी बैकुरल को 1903 में भौतिकी के लिए संयुक्त रूप से नोबेल पुरस्कार प्रदान किया गया। 1906 में सोर्बोन विश्वविद्यालय में भौतिकी की प्रोफ़ेसर नियुक्त हुईं। 1971 में मारी को रसायनशास्त्र का नोबेल पुरस्कार भी प्रदान किया गया। क्यूरी दम्पती की पुत्री इरेन क्यूरी ने भी 1935 में रसायनशास्त्र का नोबेल पुरस्कार अपने पति के साथ संयुक्त रूप से हासिल किया। वह अपने माता-पिता जैसी ही शीर्षस्थ वैज्ञानिक थीं। एक ही परिवार में तीन-तीन नोबेल!

रेडियम जैसी चमकदार धातु की खोज करनेवाली मारी की जिन्दगी कतई चमकदार न थी—प्रारम्भ से अन्त तक दुखों से भरी हुई, संघर्ष में तपती हुई...

मारिया सालोमेया स्कोदोव्स्का का जन्म 7 नवम्बर, 1867 को वारसा में हुआ था। माँ, ब्रोनिस्लावा और पिता ब्लादिस्लाव स्कोदोव्स्का की पाँचवीं और अन्तिम सन्तान। पिताजी एक स्कूल में अध्यापक थे। उनको स्कूल से उनकी राष्ट्रवादी नीतियों के

चलते निकाल दिया गया तो उन्हें नीचे के पदों पर नौकरी करनी पड़ी। आय के साधन कम होते चले गए तब माँ ने एक स्कूल में प्राध्यापिका की नौकरी पकड़ी। लेकिन मई 1878 में महज 42 साल की उम्र में माँ यक्ष्मा से मर गई। पिता उदास। पर बच्चों को वे साहित्य और भौतिकी पढ़ाते। रूसियों ने उनकी प्रयोगशाला के भौतिकी के उपकरण हटवाकर पाठ्यक्रम बन्द करवा दिया।

1883 में हाई स्कूल की परीक्षा प्रथम श्रेणी में उत्तीर्ण करनेवाली स्वर्ण पदक विजेता और स्कूल की नाक रखनेवाली मारी से रूसी उच्चाधिकारी ने सदा के लिए हाथ मिला लिये और हाथ हिला भी दिये, अब जाओ। जहाँ जाना हो जाओ। मारी अवसाद की शिकार हो गई। पिता के कहने पर अवसाद से उबरने के लिए एक साल उसने अपना समय रिश्तेदारों और गाँवों के बीच गुजारा।

अब आगे क्या बचा! स्कूल के दरवाजे बन्द। उधर परिवार को भी सँभालना था, खुद को भी। यक्ष्मा से जूझती माँ की वह हालत। पिता लाचार। मारी ने हिम्मत नहीं हारी, उसने बड़ी बहन ब्रान्या का हाथ पकड़ा और चल पड़ी 'फ्लोटिंग यूनिवर्सिटी' में। यह एक गैर-कानूनी शिक्षालय था, जिसे आजादी के दीवाने युवा छात्र अधिकारियों से बचने के लिए रात में भागमभाग में चलाया क़रते। नौजवानों ने आपस में तय किया था कि जिसे जो विषय अच्छी तरह आता है वह अन्य को पढ़ाया करेगा। सो यह थी फ्लोटिंग यूनिवर्सिटी या 'तैरता विश्वविद्यालय।' और वह उसकी छात्रा, साथ ही शिक्षिका भी...। ऐसे माहौल में पढ़ाई क्या होती!

तब तय हुआ कि पेरिस चला जाए, वहाँ एक बहन नौकरी करेगी, एक पढ़ेगी। ब्रोन्या 20 और मारी 17 थी। मारी ने बड़ी बहन को जाने को कहा पर वह न मानी। दूसरों को हमेशा आगे बढ़ाकर खुद पीछे रह जानेवाली मारी को 'बड़ी' की बात माननी पड़ी। वह पार्ट टाइम शिक्षिका का काम ढूँढ़ती है।

पेरिस में धनी-मानी परिवारों के बीच गृह शिक्षिका रहते हुए उसने अनुभव किया कि उपन्यासों में वर्णित चरित्रों का महत्त्व वास्तव में होता है और उसे ऐसे लोगों के सम्पर्क में नहीं रहना चाहिए जिनका धन के प्रभाव से नैतिक पतन हो चुका हो।

सन् 1886 में वारसा से 100 किलोमीटर दूर एक गाँव में घरेलू शिक्षिका की नौकरी मिल गई। वेतन 500 रूबल—मिसेज जेड। लोग अच्छे थे। परिवार के बड़े लड़के से प्यार हो गया। पर यह प्यार परवान न चढ़ सका। दोनों में शादी न हो सकी। पहला प्यार भी असफल। गहरा आघात। यद्यपि वह सुन्दर थी, सुशिक्षित भी मगर परिवार उनकी शादी के विरुद्ध था, पर स्वाभिमान! आखिर उसने पेरिस छोड़ दिया और 'वारसा' लौट आई।

सन् 1889, पिता के साथ वारसा। फिर वही वारसा, फिर वही 'तैरता विश्वविद्यालय।'

इस बार 'द म्यूजियम ऑफ इंडस्ट्री एंड एग्रीकल्चर्स' रात को भोजन के बाद था। रविवार को ही जा पाती। उसने भौतिकी और रसायन के प्रबन्धों में निहित प्रयोगों को दुहराने की कोशिश की। सफल हो जाती तो प्रसन्न, असफल रह जाती तो उदास। हर

बार खुद की कीमत पर। रुचि बढ़ती रही।

अन्ततः छह साल विश्वविद्यालय से दूर रहने के बाद सन् 1891 में वह फिर से पेरिस जा सकी। सोबोर्न विश्वविद्यालय। यह तीसरे दर्जे की सबसे सस्ती और लम्बी यात्रा थी। वहाँ उसने पाया कि वह इस बीच काफी पिछड़ चुकी थी। फिर भाषा भी नये सिरे से सीखनी थी। तकनीकी भाषा। बहन ब्रोन्या ने एक देशभक्त काज़ीमिर्ज़ से शादी कर ली थी। वह मेडिकल कर रही थी। उसके घर आने-जाने में दो घंटे और फालतू का समय। फालतू की संगत। सारा कुछ कोलाहल भरा और एकान्त के प्रतिकूल। सैनिकों की बैरक थी वह। ऐसे तो एकान्त नहीं मिलेगा। कम-से-कम उसे थोड़ा एकान्त, थोड़ी रोशनी तो मिले।

आखिर 15-20 फ्रैंक के किराये पर एक सस्ते अपार्टमेंट की छठी मंजिल की दुछत्ती का कोना नसीब हो पाया जहाँ रोशनी का एकमात्र स्रोत एक छिद्र भर था। लैम्प भी जलाना सम्भव न था। जाड़े के दिनों में कोयले की बोरियाँ लेकर अपने इस दड़बे में पहुँचती। विश्वविद्यालय की घोड़ागाड़ी से नहीं, पैदल ही आती-जाती। अँधेरा बढ़ते ही सेंट नैविच के एक कमरे में चली आती जो अपेक्षाकृत गर्म था। रात दस बजे तक पढ़ती रहती तब तक लैम्प की चिमनी पर पूरी तरह कालिख जम जाती और आँखें लाल और कड़वाहट से भर जातीं। लौट आती अपने दड़बे में। उस समय पेरिस की शामें और बार रंगीन होने लगते पर वह इन सबसे वीतराग अपने बिस्तर पर कुड़कुड़ा रही होती।

उन्हीं दिनों उसने अपने भाई को एक खत में लिखा था—"अपने जीवन के बारे में क्या लिखूँ, काफी एकरसता भरा और अरुचिकर जीवन। फिर भी मैं जड़ता अनुभव नहीं करती। अफसोस यही है कि इतनी जल्दी क्यों बीत जाता है दिन। खैर, मैं चाहती हूँ कि तुम डॉक्टरेट की थीसिस पूरी कर लो। जीवन किसी के लिए भी आसान नहीं होता, हमें खुद पर विश्वास रखना और निरन्तरता बनाए रखनी चाहिए...।"

कई कठिनाइयों को पार करते हुए मारी ने 1893 में भौतिकी की मास्टर्स डिग्री हासिल की, प्रथम श्रेणी में। वारसा लौटी तो 'अलेक्जेन्ड्रोविच छात्रवृत्ति' मिली 600 रूबल की, जिसे अगले वर्ष उसने संस्थान को यह कहकर लौटा दिया कि इसे जरूरतमन्द छात्रों में बाँट दें ताकि अन्य युवा छात्रों को भी अवसर मिले। आगे के कार्य के लिए उसे एक प्रयोगशाला की आवश्यकता थी। वहीं वह पहली बार पियरे क्यूरी से मिली जो म्यूनिसिपल स्कूल की प्रयोगशाला के प्रमुख थे। उसे सारी प्रयोगशालाओं के उपयोग में न आने वाले स्थान हासिल हो गए। पियरे, एक अलग किस्म के व्यक्तित्व के धनी, मारी से आठ साल बड़े थे, विज्ञान के विकास के लिए पूरी तरह समर्पित व्यक्तित्व। संस्थान अभियन्ताओं को प्रशिक्षण दिया करते। पियरे का खुद का शोध क्रिस्टलों और अलग-अलग तापमानों पर विभिन्न पदार्थों के चुम्बकीय गुणों से सम्बन्धित था। अपने भाई के साथ मिलकर और उनमें आए हुए विभवान्तरों का अध्ययन।

पियरे और मारी की एकनिष्ठता ने उन्हें जल्दी ही एक-दूसरे के करीब ला दिया। पर मारी का मन तब भी स्थिर न था। वह पोलैंड लौटकर स्कूल टीचर बनना चाहती थी। तब पियरे ने समझाया कि उन्हें जल्द ही शादी कर लेनी चाहिए। उनका साथ होना न केवल उनके लिए आवश्यक था बल्कि इनसानियत की सेवा और वैज्ञानिक अनुसन्धान के लिए भी, जिनके प्रति वे दोनों ही समान रूप से संकल्पित रहे।

मान गई मारी। वारसा से पेरिस लौट आई मारी। दोनों ने विवाह कर लिया। साधनहीनों की सुहागरात—साइकिल का सफर। जीवन कतई आसान न था। वह 1895 था। पेरिस लौटकर उसने शिक्षण डिप्लोमा भी हासिल किया—अपने समूह में प्रथम। 1897 में उनकी बेटी इरेन का जन्म हुआ। जिसे बाद में अपने माता-पिता की तरह ही नोबेल मिला। परिवार का तीसरा नोबेल!

मारी ने भौतिकी में डॉक्टरेट करने का निश्चय किया। बहरहाल, दिन बहुत तेजी से गुजर रहे थे। उनके भी और उनके चहेते विज्ञान के भी। यूरेनियम और उसके अयस्कों पर खोजें चलती रहीं।

1846 के दिसम्बर में रोंटगेन (Wilhelm Roentgen) ने एक्स-रे का आविष्कार किया—एक ऐसी किरण जो जीवित मनुष्यों की हड्डियों का चित्र उतार सकती थी, बिना दूसरी चीजों को क्षति पहुँचाए—अद्भुत!

1896 में ही हेनरी बैकुरेल ने देखा कि यूरेनियम से निकलनेवाली प्रतिदीप्ति भी फोटोग्राफी की प्लेटों को प्रभावित करती है। तो क्या

यूरेनियम की प्रतिदीप्ति और रोंटगेन की x-ray (एक्स-रे) किरणों में कोई सम्बन्ध है। दूसरे वैज्ञानिकों ने बैकुरेल के इस सवाल पर रुचि न दिखाई। मगर मारी ने बैकुरेल के इस सन्देह को संजीदगी से लिया।

तब तक पियरे के भाई जैक्यूज ने एक नये ढंग का विद्युत मापक यंत्र बना लिया था जिसकी मदद से वे 'पिचब्लेंडी' के अयस्कों के विश्लेषण में जुट गए। ऑस्ट्रिया से मिलता था 'पिचब्लेंडी' वहाँ से पेरिस की प्रयोगशाला तक लाने में ही काफी रकम जाया हो जाती। फिर अब प्रयोगशाला। काफी कोशिश की, कोई जगह न मिली। ले-देकर नसीब में आया क्या—एक अस्तबल जैसा कुछ कचरा भरा एक गन्दा तहखाना।

इसी अस्तबलनुमा प्रयोगशाला में मारी दम्पती ने रेडियम का आविष्कार किया था—मात्र एक डेसीग्राम रेडियम। विल्हेम ओस्टवाल्ड ने यह सारा परिवेश देखा और चकित रह गए।

सन् 1903 में पियरे, मारी तथा प्रो. बैकुरेल को उनके द्वारा खोजी गई रेडियोधर्मिता के लिए नोबेल पुरस्कार मिला। आधा-आधा प्रथम दो को और शेष आधा बैकुरेल को।

इसके लिए उन्हें स्टॉकहोम जाना था। उन्हें नहीं पता था कि उन्हें कितना पैसा मिलेगा। पर जाड़े के दिनों में बिना रुके 48 घंटे का सफर और वहाँ ठहरने का भी कोई मुकम्मल इन्तजाम न होगा, सारा कुछ स्थगित करके जाना-आना और पोर-पोर टूटता बदन। क्या करें? प्रथम विश्वयुद्ध शुरू हो चुका था। जिस समय

अधिसंख्य लोग संहार पर आमादा थे। उसने खुद को घायलों के उद्धार के लिए झोंक दिया। नहीं जाएगी स्टॉकहोम।

सन् 1914 में ही मारी ने रेडियम संस्थान की सहायता की।

महा विश्वयुद्ध के दौरान एक्स-रे के विकिरण से होनेवाले

चित्रों के उपयोग की विधियाँ विकसित करने में लगी रही। सचल मोटर गाड़ियों और 200 ठिकानों को रेडियो सक्रियता इकाइयों में परिवर्तित किया। धनी-मानी महिलाओं की कारें दान में माँगीं जिनके जरिये युद्ध में घायल सिपाहियों को लाने-ले जाने में सहायता मिली। सैकड़ों गोलियाँ लगे बदन से गोलियाँ निकलवाईं। अपनी ज्येष्ठ बेटी इरेन के सहयोग से सौ अन्य लोगों को प्रशिक्षित किया। अमेरिकी पत्रकार मैलिनी ने बताया कि अमेरिका चलो, वहाँ तुम्हारे काम के लिए वहाँ की महिलाओं की मदद मिल जाएगी तो चन्दे भी इकट्ठे किए। इस तरह एक ग्राम रेडियम को अमेरिका के तत्कालीन राष्ट्रपति डी. हॉर्डिंग को भेंट किया जा सका।

इतना कम था क्या कि सन् 1906 में ही 19 अप्रैल को पति की एक सड़क दुर्घटना में मृत्यु हो गई। उनकी वह महान खोपड़ी घोड़ागाड़ी के पिछले पहिए से टूट गई थी। टूट गई पत्नी और प्रेमिका मारी भी। अकेली पड़ गई मारी। पर टूटकर बिखर जाने से संकल्पों को नहीं छोड़ा जा सकता। उसने खुद को सँभाला।

विश्वविद्यालय में पदोन्नति हो चुकी थी। उसने अपना अभियान जारी रखा। कई डेसीग्राम रेडियम क्लोराइड का निष्कर्षण किया और एंड्रे डेविएर्न की मदद से आखिर रेडियम धातु को खोज ही निकाला जिसके लिए 1911 में मारी को रसायनशास्त्र का नोबेल पुरस्कार प्रदान किया गया। पर यह पुरस्कार विवादित हो गया। प्रथमतः एक ही खोज पर एक बार फिजिक्स, दूसरी बार केमिस्ट्री में एक ही व्यक्ति को क्यों? द्वितीयतः पाल लैंगेविन के साथ

उनके प्रेम-प्रसंगों को लेकर खड़े हुए विवाद। कई वरिष्ठ लोगों का सुझाव था कि उसे पुरस्कार लेने स्टॉकहोम नहीं जाना चाहिए, पर वह गई। उसका मानना था कि व्यक्तिगत जीवन को उसके वैज्ञानिक कार्यों से नहीं जोड़ा जाना चाहिए। उसने कहा, भाषण के विषय पर चर्चा करने से पहले मैं यह याद करना चाहूँगी कि रेडियम और पोलेनियम की खोज मैंने और पियरे क्यूरी ने मिलकर की थी। पियरे क्यूरी ने रेडियोधर्मिता के क्षेत्र में अकेले अथवा मेरे साथ मिलकर या अपने शिष्यों की मदद से जो मौलिक अध्ययन किए, हम उसके लिए उनके ऋणी हैं।

"शुद्ध रूप में रेडियम को अलग करने और एक तत्त्व के रूप में उसकी विशेषताओं को निर्धारित करने के रासायनिक कार्य विशेषकर मैंने ही किए पर हम दोनों के संयुक्त किए गए कामों से वे घनिष्ठ रूप से सम्बन्धित थे। इसलिए मैं समझती हूँ कि यह स्वीकार करके मैं अकादमी के विचारों को ही व्यक्त करूँगी कि मुझे दिया गया यह उच्च सम्मान साझेदारी में किए गए काम से ही प्रेरित है और यह पियरे क्यूरी की यादों के प्रति एक श्रद्धांजलि है?"

रसायन शास्त्र में ऑक्सीजन के बाद रेडियम की खोज को सबसे बड़ी परिघटना माना गया। इससे ज्ञात हुआ कि कोई तत्त्व दूसरे तत्त्व में बदला जा सकता है—एक नये युग का सूत्रपात! रेडियोधर्मिता का विकिरण बदन को बेधता रहा।

67 वर्ष की आयु में तीव्र विकिरण से फेफड़ों के प्रभावित हो

जाने से ल्यूकेमिया से मृत्यु हो गई। इस तरह, उस महान वैज्ञानिक ने अपना पूरा जीवन ही इनसानियत, देश और विज्ञान की सत्य-साधना में होम कर दिया। जान मारू कठिनाइयाँ आजीवन पग-पग पर घेरती रहीं। मगर वह रुकी नहीं, झुकी नहीं, डिगी नहीं। वह दिन था 4 जनवरी, 1934, कैसी थी वह अनन्य प्रतिभा जिसने न सिर्फ स्वयं को बल्कि पूरे परिवार और देश को बुलन्दियों पर पहुँचा दिया।

दशरथ मांझी

माओत्से तुंग कभी-कभी एक कहानी का हवाला दिया करते थे जिसमें एक बूढ़ा व्यक्ति जीवन के अवसान काल में पहाड़ खोदने की बात करता है। लोगों ने उससे पूछा ऐसा क्यों कर रहे हो तो उसने बताया कि उस पहाड़ के चलते उसे काफी असुविधा होती है, न हवा मिल पाती है, न रोशनी, न ही उस पार की दुनिया की झलक। लोगों ने उससे पूछा कि इस उम्र में यह पहाड़ खोद

पाओगे। बूढ़े ने जवाब दिया कि जितना खोद पाऊँगा, खोदूँगा, उसके बाद मेरे बच्चे और उसके बाद उनके बच्चे...हवा, पानी और पहाड़ के चलते ओझल दुनिया अब उनकी जद में थी। कहानी में रूपान्तरण हो सकता है। इस तरह की कहानियाँ और भी हैं।

नेपोलियन के सैनिक आल्प्स पर्वत का अवरोध पाकर लौट गए थे, नेपोलियन के पूछने पर सैनिकों ने कहा, 'क्या करें आल्प्स है।' नेपोलियन ने कहा, 'समझ लो, आल्प्स नहीं है', और सैनिक आल्प्स को पारकर आगे बढ़ गए। गौर करने की बात है कि नेपोलियन का कद औसत से काफी छोटा था और आल्प्स यूरोप का एक ऊँचा पर्वत है।

हमारे सामने अक्सर पहाड़ आते रहते हैं। रास्ता छेककर खड़े हो जाते हैं—कई-कई आकारों, कई-कई आयामों में और हम उन्हें अतिक्रमित या उच्छेदित करने की बात करते हैं—कभी जीवन में, कभी कहानियों में। कभी संकल्पों से कहानी बनती है, कभी कहानी से संकल्प। स्वयं मैंने 'आरोहण' लिखी, मेरी तरह दूसरे कई कथाकारों ने पहाड़ को अतिक्रमित करने के जोखिम भरे मानवीय अभियानों के संकल्प को कहानी में ढाला। पर वे सब मानवीय संकल्पों की कहानियाँ ही हैं। हमारे बिलकुल पास ही एक जिन्दा कहानी आकार ले रही थी और हममें से बहुतों को पता न था। बिहार के गया जिले में अत्यन्त पिछड़े गाँव के एक गरीब पिछड़े परिवार में 1954 को जन्म हुआ था दशरथ मांझी का। गाँव को शेष दुनिया से काटता खड़ा था पहाड़। 1960 का कोई मनहूस दिन

था, दशरथ की पत्नी फागुनी देवी बीमार पड़ीं। पास का वजीरगंज अस्पताल भी 80 कि.मी. दूर था। अस्पताल ले जाते समय रास्ते में ही मर गई पत्नी। माझी ने सोचा, पत्नी शायद बच जाती अगर यह पहाड़ न होता। पहाड़ बना रहा तो फिर किसी की जान जा सकती है। बस छेनी-हथौड़ी लेकर जुट गए पहाड़ काटने। यहाँ से शुरू होती है उनके वैयक्तिक प्रेम के सामाजिक प्रेम में ढलने की कहानी, तब उनकी उम्र थी 30 वर्ष। पाँच वर्ष तक दशरथ मांझी प्रतिदिन दो से चार घंटे पहाड़ काटने में लगाते रहे। लोग

उन्हें देखकर अनदेखा करते रहे। कुछ अविश्वास, कुछ उपहास जैसे भाव। पर जैसे ही पहाड़ के बीच से रास्ता निकलता दिखाई पड़ा, साथ देने कुछ और लोग आ गए...इस तरह लोग जुड़ते गए। वहाँ एक दानपत्र रख दिया गया, लोग अपने घरों से पैसे लाते, अन्न लाते। 22 सालों में इतने ऊँचे पहाड़ का सीना चीरकर रास्ता निकाल लाए दशरथ मांझी और उनके सहयोगी—360 फीट लम्बा और 30 फीट चौड़ा रास्ता और गाँव से वजीरगंज की 80 किमी. की दूरी घटकर रह गई फकत 13 किमी.। एक पहाड़ जैसे संकल्पवान व्यक्ति के सामने आखिर पहाड़ को झुकना पड़ा। पहाड़ बड़ा होता है, पर आदमी से बड़ा कतई नहीं। यह रास्ता उनके पत्नी-प्रेम की निशानी है एक अंग्रेज ने ठीक ही लिखा है, 'ए पुअर मैन्स ताजमहल।' पर सच तो यह है कि यह रास्ता ताजमहलों से कहीं अधिक मूल्यवान है। जैसा कि रवीन्द्रनाथ ठाकुर ने ताजमहल के बारे में कहा था, 'काल के कपाल पर गिरा अश्रु बिन्दु!' यह एक कवि के भावुक उद्गार हैं। शहंशाह के प्रदर्शन की शेखी तो खैर है ही। शाहजहाँ शहंशाह थे। उन्होंने तख्त और तलवार की ताकत से श्रम, कौशल और कला को खरीदकर पत्नी की यादों को समर्पित किया, हाथ से एक ढेला तक न छुआ होगा। कोई भी स्वेद बिन्दु नहीं गिरा होगा उनका। जबकि पहाड़ काटकर रास्ता बनाने में खुद जुटे थे मांझी। भावुकता और प्रदर्शन से दूर एक ठोस संकल्प के जिन्दा आख्यान हैं दशरथ। और पहाड़ का सीना चीरकर बनाया हुआ मार्ग ताजमहल की तरह निरा वैयक्तिक प्रेम

नहीं है बल्कि उनके वैयक्तिक प्रेम के सामाजिक प्रेम में रूपान्तरण की ऊँची मिसाल है। दशरथ मांझी की ऊँचाई किसी तथाकथित ऊँची, जाति कुल गोत्र की वैसाखी के बल पर नहीं खड़ी है। किसी स्कूल में शिक्षा नहीं पाई उन्होंने। जीवन ही विद्यालय रहा। गाँव से दिल्ली पैदल चलकर आए थे दशरथ मांझी। कहते हैं बिहार के वर्तमान मुख्यमंत्री नीतीश कुमार ने उन्हें एक दिन अपनी कुर्सी पर बिठाया, पर दशरथ ने किसी गद्दी को प्राप्त करने के लिए नहीं किया था यह सब। वे तो कबीर की राह के राही थे। पिछले कुछ सालों से कबीरपन्थी बनकर यायावरी साधु बने हुए थे, वाणी में वही दो टूक खरापन था। गरीब, मेहनतकशों का अन्धविश्वास से भरी पूजाओं और ढोंग में भटकना उन्हें अक्सर कचोटता रहा। 17 अगस्त, 2007 को उनका दिल्ली 'एम्स' में देहावसान हो गया।

न वे कोई महान आविष्कारक थे, न कोई महान क्रान्तिकारी। शिक्षा और संस्कार से भी वंचित फिर भी आज सभी का उस निश्छल दशरथ मांझी के सामने नतमस्तक है।

दशरथ मांझी की कहानी उस सत्य को एक बार फिर से स्थापित कर जाती है कि नायक बनने के लिए किसी कुर्सी या महल की जरूरत नहीं होती। गरीब, मान-वंचित, शिक्षा-वंचित, अन्त्यज किसानों, मजदूरों के घरों से भी नायक आते हैं, शर्त सिर्फ एक होती है—अपने दुख से निष्कृति के संकल्प का समाजीकरण।